U0692265

得到的不仅仅是真相

The Disaster of Agarwood

沉香劫中劫

午晔——著

Wu Ye

浙江文艺出版社
Zhejiang Literature & Art Publishing House

图书在版编目(CIP)数据

沉香劫中劫 / 午晔著. -- 杭州 : 浙江文艺出版社, 2024. 8. -- ISBN 978-7-5339-7704-7

Ⅰ. I247.5

中国国家版本馆 CIP 数据核字第 2024GS1638 号

丛书统筹　许龙桃
图书策划　徐　全
责任编辑　徐　全
责任校对　朱　立
营销编辑　张　苇
封面设计　储　平
责任印制　吴春娟

沉香劫中劫

午晔 著

出版发行　浙江文艺出版社
地　　址　杭州市环城北路 177 号
邮　　编　310003
电　　话　0571-85176953(总编办)
　　　　　0571-85152727(市场部)
制　　版　浙江新华图文制作有限公司
印　　刷　浙江新华印刷技术有限公司
开　　本　880 毫米×1230 毫米　1/32
字　　数　150 千字
印　　张　7.5
插　　页　3
版　　次　2024 年 9 月第 1 版
印　　次　2024 年 9 月第 1 次印刷
书　　号　ISBN 978-7-5339-7704-7
定　　价　52.00 元

即将无限意，寓此一缘烟

午晔

提到传统文化，你会想到什么？是孔孟之道、魏晋风骨，抑或是唐诗宋词、四书五经？是憧憬华丽云锦上织入的遥远时光，还是向往焚香煮茶时飘出的与世无争？不错，我们的文化源远流长，在衣食住行的每个细节中，都能翻出一段段过往的辉煌。传统二字，总是让人回溯过去，把思绪定格在历史长河的沉淀之中。

提起悬疑推理小说，你又会想到什么？是环环相扣的细致，是抽丝剥茧的烧脑，还是层层翻转的惊险？但无论如何，它肯定谈不上传统。悬疑推理这种题材，出现不过一百多年。借用鉴定的名词，它顶多算是“中古”。

那么，如果把传统文化放在悬疑推理小说里呢？很多人的第一反应或许是时光倒流，在千百年前的城阙里，在丝绸之路的客栈中，将一个尘封的谜团娓娓道来。不过，我总觉得，可以有另外一种选择。

文化不是一栋建筑、一件衣服、一杯茶，而是一种智慧，是凝聚着一代代思想的，对世界、对人心的描摹，更是教会我们如何读懂人性，控制自己的欲望的工具。

无独有偶，悬疑推理小说从诞生的那天起，就不仅仅是在讲故事，而是在谈人性。人性就像日月星辰一样恒久，古今中外莫不如是。不论故事发生在中世纪的森林，还是一千年后的虚拟空间，人性的善恶欲望，才是每个故事的内核。历史更替，人心不变。

信息爆炸的年代，我们看过了世界的繁华和纷扰，越来越意识到我们的传统文化也有很多值得珍惜之处。物质世界的飞速膨胀，让人类的灵魂无处安放，也让更多的人转头在传统文化中，寻找精神力量。

上下五千年，纵横九万里，知所从来，方明所往。如果我们拂去“过去”的这层尘埃，或许能看到更多的东西。于是，传统文化和悬疑推理小说与当下的时空，天然地融洽，并不需要拘泥于“过去时”。若能在当下的背景中，在悬念迭起的推理中，展现传统文化的美妙，何乐而不为？

《沉香劫中劫》衍生自本人的《罪恶天使》系列小说。主人公黎希颖为了查清父母遇害的真相，在解决一个个案件的同时，也无时无刻不体验到“唯有太阳和人心不可直视”。因为父亲生前遗作被盗，黎希颖和珠宝大盗雷凡展开较量。几日后，畏罪潜逃的雷凡竟然被沉尸悬崖之下，案子被定性成意外。但雷凡的弟弟雷涛总觉得其中大有蹊跷。他不顾黎希颖的劝阻，执意要靠自己查明真相。然而，身为鉴定高手的他，看得懂玉石、沉香的悠远历史，却看不透人心。因为一块天价香料消失在门窗紧锁的房间内，看似热爱传统文化的小圈子里，人性的倾轧渐渐暴露。雷涛在不知不觉中被卷入了阴谋的旋涡。他能否安全脱身，接近他想要的真相？答案就在暗香浮动情境之中。

2024年清明

目录

CONTENTS

楔 子

他不会死了吧……罗双喜坐在冰冷的地上，只觉得冷汗如蚂蚁一般从浑身上下的毛孔里钻出来。

十几分钟前，他打着哈欠驶出收费站，满心想着再熬一个来小时卸完货，就能在仓库旁边找个小旅馆躺进暖烘烘的被窝。今天可真是倒霉，在检查站因为超载还交了一沓红彤彤的钞票。好容易继续上路，车窗不知怎么就卡死了，上不去下不来。

腊月的冷风从车窗上方一指宽的缝隙里肆无忌惮地灌进来。罗双喜往右手上吹了一口热气，抓起卡在座位旁边的白酒喝了一口，结果热辣、刺激的感觉还没顺到胸口就消失了。

困倦、烦躁和酒精的多管齐下好像在他脑袋上套了一个不断收紧的铁箍，压得眼睛又酸又涨，他用脏兮兮的指尖按按眼眶，努力看向远方。黑夜里郊外的道路弯弯曲曲地延伸，好像能一直连接到另一个世界。

快了，快熬出头了。送完这一车货就可以从老板手里拿到拖欠了半年多的工钱。罗双喜又喝了一口烧刀子，心里盘算着能要回多少钱，一万元、两万元……算起来真不少，打发了整天念叨柴米油盐和学费的黄脸婆，还可以攒下一点私房钱，去找镇上南大街那家洗头房的妹子们联络感情，她们见到钞票之后，那软绵绵的手和脂粉飘香的脸儿就会分外温柔……咣当！

怎么回事？罗双喜感觉身体猛地一颠，脑袋差点撞到车顶，顿时酒醒了一半。咣当！这次是后轮。他急匆匆踩下刹车，大货车摇摇晃晃地向前滑了十几米，停在路边。

寒风拂过路面和田野，发出鬼怪般的哭号，罗双喜在昏暗的路灯下跌跌撞撞，跪倒在车后不远处的一个蜷缩的身影旁……

这个人怕是真的没命了。

糟糕，真糟糕！如果被抓住……不，不能被抓住，超载、酒驾、撞人，每一条都能把他扔进铁窗去吃窝头咸菜，更别提日后的生计。罗双喜不敢去看那张苍白扭曲的脸，颤颤巍巍地伸手想学着电视剧里的样子探探他还有没有气儿，不料身体向前一沉，栽在了死人的身上，胸前被什么东西硌得生疼。

顾不得害怕，他哆嗦着掀开了那件黑棉服的衣襟，一股暖和的香气飘了出来，好像蜂蜜的味道，又好像夏天河边的花草清香。这是什么玩意儿？罗双喜借着月光，看到手里抓着的只是一个沉甸甸的木疙瘩，但断断续续的香味就是从它身上飘出来的，没跑。

罗双喜之前听家里的老人提起过一种龙涎香，据说是龙王的唾沫凝成的香料，看着毫不起眼，但能发出神奇的香味，可以延年益寿、治疗百病，自古极其金贵，皇帝都难得见到几次。莫非自己天降好运，捡到了这种宝贝？

怎么办？罗双喜手握木疙瘩，心神不宁。要是被抓住，宝贝肯定充公，这条小命也难说。他艰难地吞下一口冰冷的口水，把还在散发着香味的木头塞进怀中，又在死人口袋里翻了翻，找到一个破旧的钱包和一部手机。罗双喜哆哆嗦嗦地将它们一并装进口袋，爬起来头也不回地奔向自己的大货车。

老天保佑，老天保佑，坐回驾驶座，罗双喜双手合十，嘴里念念有词，想赶走内心的负罪感。后视镜里出现一缕微弱的车灯光。不好！罗双喜先后猛踩离合器和油门，大车沉闷地哼了两声，加速朝黑暗的尽头逃去。

1.稀世奇香

“你知道咱这么干是犯法的吧？”滕一鸣不停地搓着手，不知是因为腊月里的寒意还是内心的紧张。

“要不要我给你找个高音喇叭，你到院子里广播一番？”雷涛收起开锁工具，擦了擦鼻尖上渗出的汗珠，“早说过你不用跟过来。”他起身握住防盗门的把手，轻轻向下一按，门开了，黑暗中，一阵夹杂着暖意的馨香迎面飘来。

“我担心你一个人万一遇到啥事没个照应。”滕一鸣关上房门，松了口气，“你这个不识好人心的家伙！枉我一直罩着你。”

“谁罩着谁啊，话说得那么大不怕闪了舌头。”雷涛撇嘴。

踏着柔软的波斯地毯，他们穿过挂着水墨画的门廊，走进了摆着仿明清样式的红酸枝家具的客厅。月光透过丝绒窗帘之间的一尺多宽的缝隙洒在实木地板上，晕染出一片朦胧。一阵凉风从窗户下没有闭合的通风孔钻进来，中和了暖气的工作成果。

走到茶几和一组铺着缎面软垫充当沙发用的罗汉榻附近，空气中的香气越发浓郁。这是一种清新的花果香气，其中夹杂着丝丝凉意，如果味道淡一些，肯定会给人神清气爽的舒畅感觉。

“你闻到了吧？”雷涛把工具箱放在地上，脱下外套。

“这么浓的味道，闻不到就怪了。”滕一鸣耸了耸鼻子，“没什么好奇怪的，咱们发现艾思源的时候，茶几上点着线香。屋里香气冲天。”他伸手敲了敲茶几上堆着香灰的青瓷小香炉。

“不对，线香的味道不应该维持这么久。”雷涛走到窗边，“线香本来的味道就比较柔和。算起来已经过去了五六个小时，半炷香的味道早该散尽了。现在想起来，当时屋里的浓浓的香气就不对劲，只是咱们都盯着老艾，没有在意。”

这套跃层公寓大约四百平方米，房子的层间很高。一层有客厅、起居室、会客室、厨房和餐厅。隔着一道落地玻璃窗是改装成阳光房的小阳台。书架、圆桌、单人椅和绿油油的观叶植物装点出一份娴静舒适的感觉。走上旋转楼梯则是两间卧室和主人的书房。这么大的空间，加上通风口一直开着，一线燃香的气味自然不可能如此持久。

“是有点奇怪。”滕一鸣继续耸着鼻子做猎犬状，慢慢绕到罗汉榻一侧的一块小地毯旁。“之前急着送老艾去医院，根本没心思注意这些。唉，这里的味道最浓。”他干脆跪在地毯上，从随身的背包里拿出一支强光手电筒。

在淡黄色的光斑下，地毯上精致的提花一寸一寸地露出柔美的线条，花团和曼妙的枝叶之间一片泛着油光的深色污渍仿佛美人脸上被老拳打出的一片青紫一样碍眼。

“在这里。”滕一鸣从茶几上抽了一张纸巾蹭了蹭污渍，放在鼻子下面嗅了嗅，“嗯，就是这个味道。”他趴在地毯上，用手电扫着罗汉榻下面的空隙，片刻，伸手扒拉出一块碎玻璃。

玻璃看起来像是方形器皿的一角，夹角中残留着一些油状的液体。雷涛用纸巾包着手接过碎片，甘凉醇厚的香气在他的手掌上弥漫开。

“好像是沉香的精油。”滕一鸣猜测，“瓶子摔碎了，精油渗进地毯，所以才会有这么持久浓烈的香味散出来。”

“不知是谁打翻了精油。”雷涛检查了茶几边装垃圾的小木桶，没有发现玻璃瓶的其他残片，“有人清理过碎片，把它们带走了。他为什么要这么做?”

“莫非老艾病发真的不是意外?”滕一鸣愁眉紧锁，坐在了地毯上，“但是咱们发现他的时候，门窗都锁得好好的。”他手托着腮，“门里面还扣着防盗用的月牙锁，咱们费了多大力气才进来，再晚几分钟老艾就真的没命了。开锁你是行家，你说过，那月牙锁不可能从外面扣上。”

“的确是不可能。”雷涛说，“但是在聚会结束后，肯定还有其他人来找过老艾。不知道这个人和老艾发病，还有那块莫名其妙不见了的奇楠有什么关系。”

“或许奇楠只是被老艾藏起来了。”滕一鸣说，“毕竟不是他的东西，怕弄丢或者弄坏也是人之常情。”他站起来拉着雷涛的胳膊：“咱夜闯民宅不就是为了这事嘛。赶紧的，去楼上看看。”

“夜闯……别说得那么难听。”雷涛甩开他的手，“我觉得这事有什么地方不对劲，但一时说不出来。”

“说不出就先别琢磨了。”滕一鸣催促，“大哥，这儿不是您家，不宜久留啊。”

“咱也不能像没头苍蝇似的乱找。”雷涛安抚他，“你让我先想一想。”他把找到的玻璃瓶碎片装进一个塑料袋收进工具箱里。无边无际的黑暗中，寂静仿佛凝结成一股无形的压迫感，从四面八方包围过来。

这种感觉似曾相识，雷涛深吸了一口飘满香味的空气。是的，自从他几个小时前第一次踏入这个房间，这样的感觉就如影随形。雷涛一直说不清自己在紧张什么。现在想一想，或许是因为早已嗅到了夹杂在满屋芬芳和谈笑中的一种莫名的不和谐。

中午时分接到艾思源的聚会邀请时，雷涛着实犹豫了一番，如果不是滕一鸣再三鼓励打气，他八成会打退堂鼓。

“这么好的机会当然要去。”滕一鸣比他还要兴奋，“凌志远肯定会去的吧。”

“老艾说他会去。”雷涛忧心，“他们都是行家，我是怕聊多了露馅。”

“随机应变就是了，喝茶聊天而已，又不是拉咱们去考试。”滕一鸣说，“你总得和凌志远多联络感情，日后才能找机会和他摊牌。放心啦，我会帮你打掩护。”

“拉倒吧，你也就能忽悠外行。我想不好见了面和他们聊什么。”

“聊什么话题是主人的事。客随主便，咱们附和就行。”滕一鸣拿起紫砂茶壶，喝了一口茉莉花茶，“之前咱和凌志远接触也不算少了，但每次见面都是一大群人乌泱乌泱，逮不到好好说话的机会。你又不愿意单独约他出来。”

“交情没到那一步，没理由约他单独见面。”雷涛说，“而且不知道为什么，我觉得凌志远不太愿意搭理我。虽说他挺客气的，但是给我一种欲拒还迎的感觉。”

“学者嘛，摆一摆清高的姿态也正常。”滕一鸣晃着茶壶，“所以我说老艾这次小聚是个难得的机会。人不多，可以和他往深了聊，如果谈不拢呢，还有别人帮衬，不至于尴尬。”

“那就去试试看吧。”雷涛觉得滕一鸣言之有理，只是仍有疑虑，“咱不能空手去，带点什么好呢？”

“你放心，我自有打算。”滕一鸣做出卖关子的表情，“保证到时候让凌志远对你刮目相看。”

“你是想给我变个南瓜车还是变一双水晶鞋？”雷涛笑道。

“你才是巫婆。”滕一鸣抬手给他一拳，“唉，跟你说正经的，你能确定凌志远知道你哥哥的事吗？咱们跟他耗了这么久，不要空忙一场才好。”

“他和我哥哥共事过，但知道多少就不好说了。”雷涛被说到心事，不免怅然。

兄长雷凡几年前突然在郊外坠崖身亡的事，一直是雷涛心中的一个死结。当年警方在调查后将案件定性为意外。因为雷凡生前是个浪迹天涯的珠宝大盗，得罪过不少人，雷涛对这个结论半信半疑，但一直找不到切实的证据，也无法说服自己打消顾虑。经历漫无目的的寻寻觅觅，他终于找到了在事发前一段时间和雷凡接触颇多的凌志远，希望能打开一点突破口。

经过一番暗中查访，雷涛得知凌志远如今在一家著名的珠宝鉴定机构下属的研究所担任研究员，在业余时间里，他最大的乐趣是收藏沉香。

自古以来，民间便有“沉檀龙麝”四大名香的说法，其中的“沉”便是指沉香。沉香看似是毫不起眼的朽木，但实际上并不是一种木材。树龄在数十年以上的瑞香科沉香属的树木在遭受诸如电闪雷劈、强风吹折甚至兽虫啃咬、人为砍伐的外力破坏之后，如果创口恰好被一种名为“黄绿墨耳真菌”的特殊微生物感染，便会形成混合了油脂成分和木质成分的固态凝聚物——香结。

香结历经岁月的沉淀不断醇化后，最终形成沉香。因为结香的条件苛刻，沉香在历史上便十分稀有，因此价格不菲。作为众香之首，在宋代时有“一两沉，一两金”的说法。最近几年，沉香的价格随着收藏市场的升温节节攀升，其中品质最好的奇楠，价格可以达到数万元甚至十几万元一克，已是黄金价格的千百倍。

雷涛和滕一鸣时常会在合伙经营的珠宝店里熏几枚香饼或者点几炷线香，借以营造轻松雅致的氛围，让客人进门之后感到身心舒畅愉悦，愿意多坐一会儿慢慢品鉴挑选心仪的珠玉。他对沉香、檀香和香道都略有涉猎，但和潜心钻研多年的凌志远交流起来仍然时有力不从心的感觉，对方不冷不热的态度也时常让他困惑该不该有进一步的行动。

参加小圈子的聚会确实是个打破社交僵局的好机会。雷涛会犹豫是因为他厌倦了带着目的去和别人交往。他本来就不适合扮演深藏不露的角色，既担心穿帮又自责不够坦诚，难以放松，时常在进退之间有骑虎难下的不自在。他不知道自己还能坚持多久，却不想让过往的努力一钱不值。在反复地纠结和说服自己之后，雷涛打定了再做一番尝试的主意。

傍晚时分，他和滕一鸣提早关门闭店，去珠宝城附近的一家小餐馆吃了碗牛肉面。晚上八点，两人如约来到这所地处繁华区的精装修公寓。

开门迎接他们的是主人艾思源。他年近五旬，身材高大，清瘦的脸型令浓眉大眼更加突出，在一头精心修剪、整齐但不拘谨的灰发的衬托下显得神采奕奕。紫灰色薄羊绒休闲裤褂看似朴素，细看就能发现是经过量身设计和裁剪的私人定制，低调地显示出主人的财力和品味。

艾思源是一家外资拍卖公司的首席拍卖师。受了工作的影响，他酷爱收藏而且涉猎广泛，从翡翠玉石到瓷器、家具再到书画、文玩都有触及。其中，最让他爱得深沉的应该是沉香。

一番客套后，雷涛和滕一鸣脱下大衣，在玄关换上主人预备好的拖鞋，跟着他穿过灯火温馨、摆满各式藏品的客厅。推开楼梯旁一扇贴着贝雕的推拉门，走进淡淡的香气之中。

这房间有二十多平方米，靠墙摆着两套仿清代样式的立柜和一个民国时期的红酸枝条案。一条两米长、一米宽的大理石贴面的炕桌摆在房间正中央的厚羊绒地毯上，四周围着加厚的蒲团坐垫。炕桌上放着一只看不出年代的紫铜熏香炉，几只木盒，两个黄花梨木盘上分别摆着茶道和香道的用具。

“这原来是客房。”艾思源脱鞋落座，“但我家平时少有客人留宿，所以就把它改造成了一间和朋友们聚会用的会客室。”

雷涛恭维一番主人的独具匠心，向已经开始品茶的凌志远和骆曼怡点头问好。凌志远微笑回应，给他们倒了两杯茶。

“好香啊，这是什么茶?”滕一鸣将紫砂杯端到鼻子下面晃了晃，“一定是加了什么香料吧?”

“你们猜猜看。”骆曼怡掩口而笑，“老艾和志远猜了半晌还没猜出来呢。”

骆曼怡经营着一家香道馆，时常举办各类活动。雷涛便是在她的篆香制作课上结识了凌志远等人。她三十二三岁的样子，个子不高但身材玲珑有致，鹅蛋脸、大眼睛和微挑的柳叶眉很符合传统的审美。

在雷涛的印象中，每次见到骆曼怡，她都是一身汉服，或者是改良版的汉服装扮，比如今天这身松花色的直裾深衣搭配秋香色大氅，一头乌黑的长发在头顶中分，在颈后用杏红色缎带束成发辫，优雅端庄。骆曼怡的脖子上挂着的一条绛红色丝带上坠了一个半寸宽窄的金质镂空香囊，里面装了香料，只要靠近便可以嗅到阵阵沁人心脾的幽香，比起高档香水少了一些浓郁妩媚，多了几分质朴脱俗。

“我猜你在这茶里加了沉香粉。”滕一鸣抿了一口茶水，“喝起来味道和普通的茶叶不太一样。”

“我和老艾都说是绿茶加香粉，早被她否定了。”凌志远的脸上浮现出失望的神色。他三十岁出头，高大魁梧，体型微胖但并没有臃肿笨重的感觉。鼻梁上的玳瑁框架眼镜给他圆圆的脸上增添了几分儒雅。

“我觉得这不是沉香的味道，更像是花香。”雷涛尝了一小口杯中水，“如今是隆冬，所以我猜应该是传说中的梅花茶吧。”

“总算有识货的。”骆曼怡拍手称快，“不错，就是梅花茶。我前不久回老家时采了新鲜的梅花。制茶时在瓷罐里铺上一层晒干的梅花，再铺上两层茶叶，这样花和茶叶交错地铺满罐子后，用箬叶和宣纸将罐子包起来密封，在火上蒸一个小时，晾凉之后把花和茶叶搅拌均匀，再用宣纸包好放入陶罐用微火慢慢烤干，才算完成。”

“这么复杂啊。”滕一鸣吃惊地看着杯中淡黄色的液体，“你们有文化的人就是会玩儿。一杯茶都能喝出花儿来。我还以为就是像花果茶那样直接把花泡在茶叶里呢。”

“那是简易版，但味道会差很多。”骆曼怡给大家添茶，“古人饮梅花茶讲究在下雪天取雪水烧开后泡茶。宋代的士大夫们喜爱的暗香粥，也是用初雪融水和上好的白米煮粥，在快要煮熟时撒入梅花。只可惜今年冬天一直不下雪，咱们就没法体验老祖宗的雅兴了。”

“下雪也不敢用。”凌志远说，“如今不比古时，污染太严重，雪里裹着空气里的灰尘和颗粒物，那灰灰的颜色看着就倒胃口。”

“领会精神要义就好。时代在发展，现代人不必事事都按古法行事。”艾思源把茶杯端在面前深吸一口气，“雪水不能用，用深山矿泉水也挺好的嘛。这茶得慢慢品啊，不然就辜负了曼怡制茶的心思和工夫。其实我想过很多次用沉香粉泡茶，但不知道是否合适。”

“应该没问题。”凌志远晃晃脑袋，“沉香本就是中药。《本草纲目》记载，它气味辛，微温，无毒，可以调中，补五脏，益精壮阳，暖腰膝。泡茶喝说不定能起到保健的作用呢。”

“我劝你慎重。”滕一鸣说，“中药在入药前得经过清洗、炮制，还要和其他药物配伍。既然是药，总会有副作用或者有使用上的禁忌，还是小心为上。”

“一鸣说得有道理。”骆曼怡点头，“香料里的一些成分可能会引起肠胃的不良反应，还有些人会过敏。如果身体没问题，用少量清洗干净的香片或者香块泡茶，只要不是摄入太多应该问题不大。我见过一些人滴一滴沉香精油在纯净水里饮用，有人说安神效果好，有人就反映用后不太舒服。老艾你心脏不好就更要谨慎一些，但是睡前把几滴精油加在浴缸里泡澡倒是值得推荐。”

“精油我没试过。”艾思源伸手打开桌上一个巴掌大的雕花木盒，从盒子里拿出一支香烟在鼻子下蹭了蹭又放回去，“因为用了几天你送我的烟丝卷烟，我觉得效果不错，胸口不再闷闷的，身上也舒畅很多，所以才有了泡茶的想法。”

“我在烟丝里放了一点点沉香木皮。”骆曼怡跷起兰花指，用拇指和食指捏出一个细小的示意，“只是一点点而已。而且我提醒过你哦，一定不要吸太多，免得不舒服。”

“放心吧，老婆管得严，我现在每天只卷三支。”艾思源笑得轻松，用手指滚着木盒里的烟卷，“早上、下午和睡前各一支。今天卷的还剩一支呢，绝对不会过量的。”

雷涛注意到骆曼怡皱了一下眉，似乎想说什么，但并没有开口。她低头喝了口茶，又换上怡然自若的表情，抬手拿起桌边的热水壶，左手扶袖，将沸水缓缓地注入紫砂茶壶，激起一缕茶香和花香混合的芬芳。

门铃声传来，艾思源脸上的兴奋溢于言表。“伊老师总算到了。”他快步出去迎客，带着手拎一个小皮箱的伊彦华回到会客室。

“各位，不好意思啊。”伊彦华把皮箱放在墙边，拱手抱拳致歉，“路上遇到交通事故，堵了二十多分钟，不然我早就到了。”他接过雷涛递上的茶水喝了一口，舒了口气，掏出真丝手帕擦了擦眼镜上的雾气，然后解开了墨绿色条绒衬衫领口的珍珠贝纽扣。

伊彦华约莫四十七八岁，身材矮小消瘦，国字脸上两道稀疏的弯眉和眯缝眼给人一种总在微笑的错觉。他在城北开了一家沉香精品店，是圈子里小有名气的收藏家和鉴赏家。朋友们习惯称呼他为伊老师，是因为伊彦华在下海做生意之前曾经做过中学历史老师。

“老艾，嫂夫人怎么不在家?”伊彦华问主人。

“她今天一早和几个朋友去浙江旅游了，顺道去看看念大学的儿子。”艾思源说，“我一个人闲得无聊，所以才想起约大伙儿过来喝茶。”

“伊老师今天带了什么宝贝来馋我们?”凌志远看向小皮箱，用开玩笑的语气说，“该不会是传说中的白奇楠吧?”

“白奇楠我只是听说过，还没见到过真的呢。”骆曼怡附和，“老师一定得拿出来让小女子长长见识。”

“老师就是老师，出手就是白奇楠，真是不得了。”雷涛借机跟着起哄。滕一鸣和艾思源端着茶杯，都是一副看热闹不嫌事大的表情。

奇楠是沉香中最上等的品级，古名琼脂，中国古时音译有奇南、茄蓝、奇蓝、伽南等等，不一而足。奇楠的成因与普通沉香基本相同，但产量更加稀少，两者的性状特征也有很多差异。从质地上看，奇楠油脂含量很高，所以不如沉香密实。

上等沉香入水则沉，所以才会得名“沉香”。而多数奇楠却是半沉半浮，只有极少数会沉入水中。从味道上看，大部分沉香静置时没有味道或者味道很淡，只有点燃或者熏烧时会散发出明显的香味，而奇楠静置时也能在附近闻到强烈的清香甘甜的味道。在熏烧时，沉香的香味很稳定，而奇楠的味道却富于变化，像香水一般有着头香、本香、尾香的明显的演变过程。

奇楠的种类和分类方法多种多样，最常见是按颜色分类，按等级高低排序为白奇楠、绿奇楠、紫奇楠、黄奇楠、红奇楠、黑奇楠。其中，黑奇楠因为价格相对便宜，是入药的常见材料。白奇楠最为稀少，大部分人只是听过传闻或者见过文字记载，形容它“初香如悠远花草，本香甜凉浓郁，尾香乳味迷人”，但极少有人能亲自一睹其真容。因为伊彦华曾经吹牛说自己收藏了一块品相绝好的白奇楠，所以每次见面大家都要以此为话题调侃一番。

“是一块奇楠，但不是白奇楠。”伊彦华挺直腰杆，回身取过皮箱放在炕桌上，脸上的表情透出几分刻板，“这是我收藏多年的一块印度奇楠。”

“真的假的?”骆曼怡大吃一惊，杏眼圆睁，抬起袖子掩饰住夸张的嘴型。

“伊老师，今天可不是愚人节。”凌志远的下巴快要脱臼了，“我们没见过大世面，你可不要逗我们玩。”看那混杂着兴奋和讶异的表情，雷涛觉得他随时都会扑到皮箱上把它生吞下去。

艾思源咳嗽了两声提醒大家注意素质，热辣辣的眼光却死死地盯着小皮箱，仿佛不把它烧出两个洞来誓不罢休。

印度受到宗教传统的影响，自古便是沉香的重要产区。古代的中国也曾有过来自印度的沉香，比如在《新修本草》中可以看到“沉水香出天竺”的记载。印度奇楠一度是公认品质最好、味道最特别的奇楠，甚至有人说体验过印度奇楠的香气，就没有心思再去品味其他种类的香料了。但是这种奇楠多年前早已绝迹于江湖，如今印度的沉香以人工种植的香料为主，没有收藏价值。于是，真正的印度奇楠变成了可遇而不可求的神秘之物，很多人一掷千金以求之却始终难以达成心愿。

伊彦华痴迷收藏沉香多年，他手里有一块印度奇楠并不会让雷涛感到惊讶。但是他为什么要把它带过来呢？今天只是一次非正式的小型朋友聚会，以喝茶聊天为主，这个时候拿出一件价值连城的珍藏，就好像买了一份炸鸡快餐后开了一瓶香槟佐餐，怎么都觉得不合时宜。

“前不久，伊老师告诉我他收了一块印度奇楠。”艾思源故作深沉，“下周我们拍卖行要办一个精品沉香的拍卖会，他打算送这块奇楠去上拍。”

“这么好的东西，您舍得吗？”凌志远一脸惋惜地问伊彦华。

“我打算在城西开一家分店。”伊彦华忧心满面，“已经看好了店面，但是秋天装修本店的贷款还没还清，马上又要进一批货，钱袋子紧得厉害，所以才会请老艾帮忙。”

“我会找人帮忙把价格抬起来。”艾思源自信地说，“印度奇楠如此稀有，肯定能拍出个好价钱的。”

“可惜我没钱，不然肯定要去竞拍。”骆曼怡一声叹息，用略带醋意的央求语气说，“伊老师，能不能让我们见识一下奇香？”

“啊，既然拿来了，大家就一起品一品好了。”伊彦华的笑容中有一丝惆怅。他打开皮箱，从里面拿出一个盒盖上贴着织锦缎的木盒，翻开盒盖，一股优雅温和的香气轻柔地拂过。

2.漆黑密室

这块奇楠比半本三十二开的书籍略大，泛着金黄色石蜡光泽的外皮上分布着一些黑色的纹路，头尾的断面上能看到它的内芯泛着一丝橙红的颜色。伊彦华从托盘里拿起红木手柄的香刀，从奇楠表面削了薄薄的几片下来。

骆曼怡打开熏香炉，夹了一块木炭点燃后放在炉内的香灰上。静静地等着炭燃烧到通体发白，她才用灰押拨动香灰把木炭埋起来压实，做成中间凸起的火山口状，再用香签在灰堆上刺穿一个小孔让炭火的热量能从孔中散出。随后骆曼怡用银叶夹子小心地将一片云母片平置于小孔上方，把软糯卷曲的奇楠碎屑轻轻倒在云母片上。

纯正而浓烈的香气慢慢地从熏香炉中升腾起来，在斗室中飘散开，那馥郁醇美的气味很难用语言形容，它仿佛能钻进心里，让人浑身舒畅轻松。片刻之后，香气中渐渐变幻出一丝若隐若现的辛辣，但并没有刺激的感觉，似乎带着一点药香。

雷涛从没体验过奇楠的香气，完全想不到几片看着毫不起眼的碎屑竟然有如此惊艳的效果，轻松畅快的感觉让他不得不赞叹，难怪那么多人会为了得到这么一块烂木头似的东西费尽心思。

这么好的东西，您舍得吗？凌志远的话冷不丁地闪回在脑海中，雷涛睁开眼睛，忘我陶醉的感觉瞬间被汹涌而来的困惑无情地赶走了。

从没听伊彦华提过开分店的事。在店面刚刚装修不久，需要还贷款的时候又拿出一大笔钱开新店，不像他一贯沉稳的作风。而且伊彦华的精品店经营状况用他自己的话说是尚且徘徊在“赔本赚吆喝”的阶段，这个时候再开一家店，按理说他没有能力支撑。

退一步说，或许伊彦华看好沉香收藏的市场前景，所以舍得花钱先把生意做大，打算占领先机。沉香本是野生资源，虽然人工培植的技术越来越成熟，各个产地也在大力发展人工种植的规模，但人工沉香和野生沉香在品质上差别很大，只能作为药用资源而没有收藏价值。野生沉香资源在不远的未来就会消失，好的沉香越来越少，价格被炒高是意料之中的事情。但即使是这样，伊彦华也不一定要忍痛割爱。做生意，融资的办法是多种多样的，银行贷款并不是唯一的渠道。很多投资公司都看好收藏市场，一些民间游资也在想尽办法找赚钱的门道，伊彦华在圈内声誉良好，想找到投资人或者合伙人应该不难。

再退一步，出于某种原因他不想找人入股，想自己全资经营店铺，打算用一部分收藏换资金，那也没必要拿这块罕见的印度奇楠去拍卖。伊彦华玩收藏已经十几年了，之前沉香在国内市场还没有得到普遍的认可，价格也没有如今这般离谱。因为入行早，伊彦华手里的好东西不少，随便拿出一些肯定够开店用了。为何他偏偏要卖掉早已绝迹江湖的珍品？会不会有什么其他的原因？

雷涛看看周围。滕一鸣盘腿而坐，双手做拈花摘叶的样子搭在膝头，闭目凝神，脑袋微微晃动，表情与其说是入定还不如说是睡着了。凌志远和艾思源和他做着同样的姿势，只是一个低着头做沉思状，一个抬着下巴仿佛在仰望想象中的满天星辰。骆曼怡的姿势比男士们娴雅得多。她跪坐在垫子上，腰杆挺直，双手交叠抬起在腹部的位置，双目微合，有节律地做着呼吸吐纳。

只有伊彦华是一副心不在焉的样子。他倚在桌边，一条胳膊搭在炕桌上，凝视着香薰炉中冒出的如梦似雾的香烟，稀疏的眉毛时而轻轻抖动两下，却无法抖掉满脸的心事重重。

“果然是此物只应天上有，人间难得几回闻。”艾思源恢复跪坐的姿势，为自己机智的双关语沾沾自喜。

“我去洗手间。”伊彦华站起来找拖鞋，仍然是一副心不在焉的样子。

“我切了一些水果做了两个果盘，就放在冰箱保鲜室里。”艾思源对他说，“伊老师你一会儿帮忙带过来吧。”

“哦，好的。”伊彦华皮笑肉不笑地回应。

“伊老师今天怎么了？好像很不开心。”目送他走出推拉门，凌志远喃喃地说，“是因为开新店的事吗？”

“他最近几天一直闷闷不乐的。”艾思源把奇楠放回木盒里，装进皮箱，扣上箱子上的两个扣锁，“大概就是因为钱的事吧。他看上的那个店面位置好得很，所以人家房主开出的售价也高得很。”

“我从没听他提过开新店的事。”骆曼怡帮忙清理香炉，拿羽毛香扫轻轻地拂去炉口沾染的灰烬，用香箸搅拌着香灰将它们捣松，“伊老师说过很多次，他的钱都压在货物上了。一家店还没有明显的起色就开另一家，有操之过急之嫌嘛。”

“可能是碰巧遇到合适的店面，不想放弃。”凌志远猜测，“我觉得他没必要拍卖藏品，你说呢，老艾，你不是一直想搞点和收藏有关的投资吗？你和伊老师合伙是再好不过的啦。”

“我跟他提过，但是他不大愿意。”艾思源摇头，“他有自己的想法，我们还是尊重他本人的意愿吧。”他转向骆曼怡：“曼怡，我前两天跟你说的事，你考虑好了吗？”

“我……”骆曼怡放下香箸，“我觉得……”

“什么事啊？”凌志远好奇。

“我想入股她的香道馆。”艾思源说。

“好事啊。”滕一鸣插嘴，“曼怡觉得怎么样？”

“我是觉得挺好。”骆曼怡双手搭在桌上，“可是香道馆虽然是我在经营，出资的却是我丈夫。我和他提过两次老艾想入股的事，他都是不置可否的态度。你们知道，他如果不松口，我也没有办法。”

“这样啊……”艾思源面露失望。

“不过你提到给一些公司高管办香道班的事，我们现在就可以操作。”骆曼怡说，“我想过了，可以每个月办一期，每期人不要太多，这样显得有档次。只要你能拉来学员，咱们三七分成如何？”

“办班是随时都可以的。”艾思源明显兴趣不是很大，“但是只办几个班没多大意思，还是要做长久的打算。”他思考片刻后又说：“曼怡啊，其实你这几年也攒下了一些资金和名声，完全可以自己开一家香道馆，那样就可以自己做主了。我可以和你合伙，也可以再拉几个同好入股。”

“我觉得靠谱。”凌志远比骆曼怡显得更加热心，“我家里也有点闲钱，不如大家一起出资。”

“可以啊。”艾思源首肯，“曼怡你说呢？”

“我……”骆曼怡柳眉微颦，面露难色，“我知道这是个好主意，但现在一家店已经快让我筋疲力尽，再开一家……我怕我顾不过来。”

“没关系啊，可以雇人帮你打理。”凌志远急切地说，“这样你就可以……可以……轻松一点了。”

“我知道，你们让我再考虑考虑。”骆曼怡有些生硬地岔开话题，“对了雷涛，你一进来我就注意到你的手串，真漂亮，以前从没见你戴过呢。”

“啊，这个是新收的。”雷涛懂得她的用意，所以接过话头，“店家说是印尼产的，我有点分不清楚，只是觉得颜色和光泽都很漂亮，而且能沉水，应该是好货。”他摘下了手串递给骆曼怡赏玩，余光瞥见滕一鸣脸上得意的微笑。

这条手串本来是珠宝店隔壁那家文玩店老板的私藏，据说是用加里曼丹产区的上等沉水料车制的，仅仅是木料成本就超过十万元。手串的珠子颗颗都是油脂饱满，光亮润泽，凑近了可以闻到清凉甜美的花果香气。滕一鸣用店里一只冰种翡翠手镯做抵押，人家才勉强答应将手串借给他们一晚，用以装点门面。滕一鸣认为手串必定能引起其他人的注意，进而品评鉴赏一番，引出各种收藏话题，不知不觉地就可以拉近彼此的关系。只是没承想半路杀出一块天价奇楠，打乱了他的计划。

“确实是好东西。”骆曼怡把手串放在掌心掂了掂，又凑到鼻子附近深吸一口气，“嗯，味道真好。我一直想找一串类似的珠子，最好是一百零八颗，但总是遇不到。”

“收藏得看缘分，缘分没到没法强求。”凌志远的声调里满满都是妒意。

“只是现在很多产区都日趋枯竭，能遇到好料子的机会越发渺茫啦。”骆曼怡依依不舍地把手串还给雷涛。

“曼怡，你的藏品中已经有不少好东西了。”艾思源劝慰她，“不能事事都追求完美嘛。”

瓷盘打碎的声音伴着一声闷响和伊彦华的叫喊声从客厅传来。众人被吓了一跳，匆忙起身跑出去看看他遇到了什么麻烦，差点撞翻了炕桌。

客厅里，伊彦华一脸颓废地坐在地板上，身边撒满哈密瓜片、佛手瓜片、芒果块、红提子，还有摔得七零八落的托盘。

“一不留神滑了一跤。”伊彦华一手捂着腰，一手撑着地板。

“哎呀呀，忘了提醒你下午刚打过蜡。”艾思源一脸愧疚地扶他起来。凌志远去厨房拿来扫帚和簸箕。雷涛和滕一鸣帮忙收拾一地狼藉。

一股奇特的臭味从伊彦华身上传来。原来他跌倒时刚好压住了半盘切好的榴莲。果肉被他的体重压成烂泥，粘在地板和他的裤子上，黏糊糊、湿答答的一大片，观之令人作呕。骆曼怡赶紧跑进卫生间，拿了块湿毛巾出来帮他擦裤子，但擦了半天，那股味道反而更浓了。

“伊老师，我给你拿条我的裤子先换上吧。”艾思源忙不迭地致歉，“你腰腿没伤着吧?”

“没事，不用担心。”伊彦华谢绝了他的好意，“我开车回家换衣服吧。只是可惜了你的地板。”

雷涛和凌志远换了软布擦去地上的污迹，但对榴莲的气味无能为力。

“算了，别管它了。”艾思源打开窗户下的一排通风口，“透透气，等会儿我点炷线香熏一熏就好了。”

伊彦华无心再喝茶聊天，和大家握手道别。他走后，骆曼怡又泡了一壶茶，但经过这一番折腾，众人始终提不起聊天的雅兴，话题断断续续，原本清香扑鼻的梅花茶也显得索然无味。聊了一刻钟，凌志远起身告辞，其他人便也趁机离席，各回各家去了。

“真是没意思。”车开出几公里便堵在繁忙的街道上。前面好像有交通管制，等了十分钟仍然动弹不得。滕一鸣的车技不好，不敢去走小胡同，只能在主干道上百无聊赖地等着，抱怨连天。“都怪伊彦华搅局。”他看着前方一大片红光闪闪的尾灯，“害我白设计半天，啥都没用上。”

“计划赶不上变化。”雷涛劝他少安毋躁，“其实今天也不错了，有机会品一品奇楠香。咱可拿不出几十万、几百万的银子去买那种极品。”

“有钱也不买它啊。那么多钱能买多少排骨、肘子呢。”滕一鸣贪吃和小气的本性一张嘴就暴露无遗。

“你少买几个玩意，就够天天吃排骨了。”雷涛笑他。

“哎呀，你不说我都给忘了！”滕一鸣一拍大腿，“老艾让我帮他找几颗蜜蜡珠子配他的一个把玩件。我带过来了，竟然忘了给他。”他看看手表：“这会儿他应该还没睡，干脆掉头回去把珠子给他吧。不然过两天还得再跑一趟。”

又等了十几分钟，路上开始恢复通畅，虽然汽车只能以低于自行车的速度缓缓排队前行。向前开了不久，他们找到一个能掉头的路口。雷涛觉得有必要和主人通报一声，拿出手机拨通了艾思源的电话。

铃音响了很久，没有人接听。他是早早睡了？雷涛正要按下挂断键，电话接通了，听筒里传来一阵模糊的喘息声。

“老艾？你……没事吧？”雷涛警觉起来，连着问了几声，对方没有回答。“老艾？听得到我说话吗？”这次回应他的是嘟嘟嘟的忙音。

“不会出事了吧？”滕一鸣忙问，“老艾心脏不好，该不会……要不要叫警察或者救护车？”

“先过去看看再说。”雷涛努力暗示自己这很可能只是虚惊一场，但越想越是心惊手抖，冷汗直往外冒。

从楼下可以看到艾思源的家里亮着灯光。以防万一，雷涛让滕一鸣去大门口的值班室叫两个保安过来帮忙，自己跑楼梯上了四楼。门锁上了，他按了几下门铃都听不到回应，他来不及多想，从背包里拿出装在小皮套里的工具，希望能打开防盗门的执手锁。

这种锁的锁芯有装置连着把手，从门里或者门外抬起把手就可以将门锁死。雷涛无法想象如果保安上楼来看到他蹲在地上捅锁眼会怎么对付他，但是要想搞清楚艾思源是否出了什么事，就必须打开这道门。一般人不会把自己家的钥匙交给别人保管，艾思源家里收藏着不少价值高昂的藏品，更不会冒这个险。他的夫人和孩子都在外地，捅开锁是现在唯一的选择。沉住气，不要慌，慢慢来……雷涛努力把杂念挤出脑海，用手中的小钩子和压片感受着锁孔里的变化。有希望了，快点，再快一点，注意不要破坏锁芯……电梯到达的铃声响起，雷涛迅速把工具塞进口袋里，按下把手，门锁已经被他打开，但门还是推不开。

“艾先生怎么了?”保安急切地问。

“不知道，叫门他不应。”雷涛又推了推大门，“防盗门没锁，但里面可能插了插销。”他这时才想起艾思源为了防止小偷溜门撬锁，在门里侧加装了一个合金的月牙锁，从里面扣上的锁扣是没有办法从外面打开的，这样就能保证即使小偷撬开防盗门锁，也无法进入室内。

“要么咱们把门撞开吧。”滕一鸣建议，“老艾接了电话之后就再没有一点动静，很吓人啊。”

“不合适吧。”两个保安犹豫，怕万一虚惊一场，业主事后大概率会不依不饶，害自己丢了饭碗。

“他的家人都不在。”雷涛明白他们的心思，“老艾心脏不好。要真的出了事咱们没管，就更没法交代。”

“那就试试吧。”年长一些的保安下了决心。

雷涛按住门把手，两个保安和他一起用力撞向铁门，连着撞了五六次，大家都要力不从心的时候，门终于开了。

温暖明亮的屋子里弥漫着浓烈的香气，艾思源倒在罗汉榻前的地毯上，双目紧闭，脸色灰白，嘴角沾着一些乳白色的泡沫。他一只手伸向前方，按在掉在地板上的手机上。雷涛上前探了一下他的脖子，指尖感觉到微弱的脉搏跳动，心里却无法感到轻松。

“他这是发病了。”滕一鸣说，“有没有药？心脏病人应该随身带着硝酸甘油或者速效救心丸之类的急救药吧。”他蹲下来翻了翻艾思源的裤子口袋，无奈地朝大家摇头。保安已经打电话叫了救护车。

雷涛先去一楼的起居室找药，翻遍所有抽屉一无所获。他跑到楼上，心浮气躁地推开一扇扇紧闭的房门。书房，小卧室……最靠里的一间是主卧室。还好床头柜上就摆着一瓶硝酸甘油片。他拿着药瓶冲下楼，放了一片药在艾思源的嘴里，这才缓过神来观察周围的环境。

客厅和他们离开的时候没什么差别，茶几上摆着一个青瓷香炉，一盒线香，一盒压制出的香饼，一个烟灰缸和艾思源的木质烟盒。一根抽了一半的烟，搭在烟灰缸的边缘。香炉里面插着一炷还在燃烧的线香，飘起渺渺清甜的烟雾。

雷涛掐灭烧了不到一半的线香，走到窗边。窗帘没有全部拉上。窗户都是从里面锁好的，通风口还开着，走近一些就能感受到渗入屋中的冷风。看样子，艾思源在他们走后坐在客厅抽烟，还点了线香想驱除地板上的榴莲异味，却突然心脏病发作，倒了下来。房子里的门窗都是从里面锁好的，出于安全考虑，他已经检查了每个房间，确定屋里没有其他人。这应该只是一场意外的悲剧吧，想到这里，雷涛悬到嗓子眼的心略略放下了一些。

他转过身，看见茶几旁的地板上倒着一个眼熟的小皮箱，捡起来一看，果然是伊彦华用来装印度奇楠的那一只箱子。盛放奇楠的贴织锦缎面木盒此刻就放在罗汉榻的软垫上。想必是艾思源闲来无事，心痒难耐便又将奇楠拿出来玩赏了一番。雷涛拿起木盒想把它装回皮箱锁好。手上的感觉怎么轻飘飘的？他打开盒盖，发现里面空空如也，别说奇楠，连一片碎屑都没有，只有一股淡若游丝的香气能证明它过去的用途。

楼下响起救护车的鸣笛声，不多时，医生护士带着两个担架员上楼来了。他们为奄奄一息的艾思源打了一针，挂上输液的药袋，戴上氧气面罩。雷涛和保安帮忙将艾思源抬上担架时，听到有人喊他的名字。扭头一看，伊彦华局促地站在客厅门口，一只手扶墙，惊恐地看着面无血色的艾思源。

“老艾……这……怎么了哇？”他急得口齿不清。

“犯病了。”滕一鸣指指胸口的位置，“伊老师你怎么回来了？”

“我已经到家了，但一掏兜发现钥匙不在，不知道掉在什么地方。”伊彦华解释，“我想可能是摔倒的时候丢在这里了，所以回来找。老艾他……不要紧吧？”

“医生说再晚几分钟就没救了。”雷涛说，“现在么……还不好说，得看抢救的情况。如果能挺过今晚就有希望了。”

“那就好，那就好……”伊彦华拍着胸口，“吓死我了。老艾可不能出事，他……唉……”

“伊老师，你能联系上老艾的夫人吗?”滕一鸣问他，“出了这么大的事，得赶紧通知他家里人赶回来。”

“哦，我家里有她的电话，等回去打给她。”伊彦华满口答应，神色却有些懈怠，“我的钥匙……”

“我们帮你找吧。”雷涛招呼滕一鸣和保安一起帮忙，在伊彦华曾经摔倒的位置上，探寻四周每一个犄角旮旯，每一个家具底下的空隙。终于，几分钟后，伊彦华用扫帚从摆着一排钧窑瓷盘的红木躺柜下面扫出了一串拴着银质护身符的钥匙。

“总算找到了。”他跪坐在地上喘着粗气。

“伊老师，我们走吧。”雷涛提示他，“已经很晚了，而且老艾一个人在医院我不太放心。”

“哦，对啊，走吧，走吧。”伊彦华起身走了几步又站住了：“对了，我的奇楠呢?老艾病成这样，拍卖什么的肯定没戏啦。我还是把奇楠拿回去另想办法的好。”

“盒子在这里。”雷涛把皮箱递给他，“但奇楠不在里面，不知道老艾把它放在什么地方了。”

“什么叫不知道在什么地方?”伊彦华急了。

“应该是老艾怕弄丢了，收进保险柜了吧。”滕一鸣说，“伊老师你别急，等老艾醒过来问问他就知道了。”

“我……”伊彦华脸色绯红，觉得自己在这个节骨眼上计较身外之物显得自己为人很不厚道，只得作罢。

雷涛见他不再提及，不想引起是非，于是没有说出自己的疑虑。说艾思源将奇楠收进保险柜并非没有道理。那是朋友委托他拍卖的东西，极其稀有而且价格不菲，换作任何人都会小心对待。然而，艾思源没有理由把皮箱和木盒留在外面，单独收起奇楠。这里面会不会出了什么岔子？

不知不觉中，他们已经走到大门口。雷涛弯腰从地上捡起被撞掉的月牙锁。这个扣锁用合金制成，是艾思源定做的，比普通的窗锁大，但原理基本相同。锁扣用铆钉安在门框上，钉在门上的锁身内加装了一个弹簧装置，如果不将手柄转到最下方的卡槽里，月牙钩就会在弹簧的压力下自动翻转落入锁座里。这样的锁在门外是没法钩上的。

雷涛注意到月牙钩和锁身之间的缝隙里有一些黑灰色的粉末，想起刚才找钥匙的时候，地板上被进来的各类人踩出的杂乱脚印上也有少量类似的粉末痕迹，这是什么东西？他一时想不清楚，于是悄悄用手帕把锁包裹起来装进背包里。

关上灯，锁上防盗门，雷涛对自己开锁时不破坏锁芯功能的技术暗自得意了片刻，但一想到这个晚上发生的种种，他不得不开始怀疑艾思源这场突如其来的大病另有玄机。

“你想出哪些地方不对劲了吗？”滕一鸣的一句话将雷涛拉回现实。

他探身拿起烟灰缸旁艾思源抽了半截的香烟，用纸巾包好。

“你怀疑这烟有问题？”

“不知道，但老艾好端端的突然发病，咱们多个心眼总不会有错。”

“他有心脏病不是秘密，医生下的诊断总不会错。”

“可是奇楠到哪里去了？打碎的精油瓶子被谁拿走了？”雷涛疑虑重重，“还有，伊彦华整个晚上都神经兮兮的。他的钥匙是真掉了，还是个借口？不是我小人之心，我看他关心奇楠远胜于关心老艾的病情。”

“他是有些古怪。”滕一鸣说，“至于奇楠，无非就是两个可能——第一，老艾把它藏起来了；第二，老艾把它交给了什么人，可能就是拿走碎瓶子的人。但这样也很奇怪，你想，如果老艾把奇楠交给了这个神秘访客，为什么没把配套的盒子和皮箱一起给他？从咱们离开到折返回来不超过三十分钟，是什么样的访客会来去匆匆？”

“是啊，会是什么人呢？”雷涛发愁。

“有一点可以肯定，老艾发病时访客肯定已经离开了。”滕一鸣说，“因为房门是从里面锁死的。”

“我还是怀疑这里面有文章。”雷涛站了起来，他的眼睛已经适应了黑暗的环境，“艾思源的书房有个保险柜。如果他把奇楠收进了保险柜，它最有可能就在那里。即使奇楠被拿走了，深夜来访的客人和主人的关系通常都是非同一般，我们仔细找找，没准能找到和他有关的蛛丝马迹。”

3. 神秘粉末

艾思源的书房在二层的南侧。靠窗摆着厚重的红木书桌和软椅，东侧的墙边横放着一个雕工细腻，看起来有些年头的黄花梨木躺柜，上面供着一套清末形制的粉彩八角瓶，不知是真品还是高仿品。躺柜上方的墙面上打出了三排多宝格，展示着主人的部分沉香木雕、玉器、奇石和瓷器收藏。

书房西边的一整面墙被打造成了书柜，高高低低、错落有致的格子里排着各种书籍，几件玉山子、木雕摆件装点其间。艾思源的藏书中，收藏百科、收藏指南、鉴定分级标准图鉴之类的书占了九成。不知道他是因为博览群书，对各个收藏门类心得颇多，所以能做到首席拍卖师，还是因为干了这一行，靠着耳濡目染对收藏的兴趣越来越浓。又或者这两者本来就是相辅相成，没法清楚地分出前因后果。书柜右下角的一个格子大约有一米高，保险柜就四平八稳地坐在里面。

这是一只德国产的机械式保险柜，用的是十毫米厚的低碳合金钢板，板子之间的缝隙内填充了工业陶瓷，防火防磁，想用蛮力破坏它几乎是不可能的。要打开这个保险柜，需要拨动密码盘，按顺序将指针对准三组密码。雷涛拿出一只十字形钥匙插入密码盘旁的锁孔里。

“你哪儿来的钥匙?”滕一鸣吓了一跳。

“送艾思源上救护车的时候顺手摘下来的。”雷涛用“你真多事”的语气说，“这钥匙用一根银链拴在他的腰带上，我猜测大概是保险柜的钥匙。”

“你怎么不再找找大门钥匙？那样就不用溜门撬锁，我就不用提心吊胆半晌了。”

“你说得轻巧。周围那么多医生护士围着，保安和伊彦华也在场，我能拿到这个已经不容易了。”雷涛打开工具箱，拿出一个听诊器挂在脖子上，戴上耳塞，将听头贴在密码盘旁边的钢板上。他慢慢转动密码盘，那咔嗒、咔嗒的声音在别人听起来都是一样的，但他靠着敏锐的听觉和老道的经验，可以判断出其中细微的差别，剩下的就是耐心地拼出每一组密码，然后找到它们的顺序。

“怎么样？有戏没戏？”滕一鸣单膝跪在雷涛身边，恨不得扑上去用牙咬开柜门，“哎，你这土办法行不行啊？这可是高级的保险柜。”

“安静！”雷涛低声嗔怪他，用手指点点嘴唇，叹了一口气，继续集中精力聆听锁盘的低语。

滕一鸣吐吐舌头，伸手捂住鼻子和嘴，生怕喘气的声音破坏气氛。雷涛揉揉耳朵，把听诊器的听头换了一个位置，继续捻动密码盘。五分钟过去了，就好像过了几个昼夜那样漫长。他摘下听诊器，活动了一下手指，将密码盘的指针顺时针转到57的位置，然后逆时针转到21，继续顺时针转到49，按了一下手柄，嘎的一声轻响，保险柜打开了。

“哇喔，厉害，真厉害。”滕一鸣竖起大拇指，“天下就没你打不开的锁。"

"你少说两句不会憋死。"明知道被抓住就死定了，雷涛不免心烦意乱。

"哎呀，你也知道，我紧张时就管不住这张嘴。"滕一鸣主动帮他收好听诊器。雷涛打开手电筒，照亮保险柜里面一层接一层地摞着的盒子、小箱子和文件袋。

保险柜分上下两层。下层的十几个盒子里装的都是艾思源心爱的收藏品，其中包括两串顶级的沉香手串，每一串的价格少说都在五六十万。滕一鸣先是对着一对清中期的冰糯种翡翠鼻烟壶流了半天口水，接着对一块明末清初的和田玉把玩件唏嘘一番，随后又发现一个清雍正官窑的珐琅彩瓷碗甚是美丽，最后在雷涛的一再催促下，他恋恋不舍地把它们收好放回去。

保险柜上层有两个文件袋，里面存放的都是艾思源重要的证件，比如结婚证、职业资格证、护照……文件袋下面压着一个皮质小手提箱。雷涛把它拿出来放在地板上。打开箱子，里面有十几个大大小小的塑料袋，每个里面都装着不同的沉香木料。有的是方糖一样大小的块状，有的是木耳或者竹篾一般的片状，有的像是从树林里捡来的树枝，最大的几块有手掌大小。在箱盖上的一个置物袋里，雷涛找到一个黑色的绒布包，里面装着一只U盘。

"好东西倒是不少，可惜没有奇楠。"滕一鸣失望地说，"看来老艾是真的把它交给了神秘访客。"

"你说这些是做什么用的呢？"雷涛拿起一个小塑料袋，"这些沉香料子远不及下面那几件收藏品贵重，按理说没必要收进保险柜。”

“我猜这些可能是样品。”滕一鸣说，“老艾喜欢收藏沉香嘛。就像收藏玉石一样，很多人会准备一些标准的样本，这样方便和藏品做比较，让自己不至于上当受骗。”他想了想又否定了自己的说法：“不过既然是比较用的样本，应该会经常使用，放保险柜里多不方便啊，又不是很值钱的东西，没必要小心翼翼。”

“我就是这个意思。”雷涛点头，“老艾既然把它们放进保险柜，说明这些样品很重要。但实际上它们并没有很高的价值。所以，肯定有什么其他的理由，让他觉得必须把这些东西好好收藏起来。”

“会是……什么理由？”

“不知道。”雷涛摇头，“还有这个U盘，不知道里面装了什么。”

“管他是什么呢，咱们要找的是奇楠啊。”

“现在可以肯定奇楠被拿走了。”雷涛犹豫片刻，把手提箱推到一边，合上了保险柜的柜门，拧了几下密码盘，拔下钥匙。

“这箱子……你想……”滕一鸣不懂他要干什么。

“我想满足一下自己的好奇心。”雷涛站起来，“明天找人帮忙鉴定一下里面的东西，看看它们都是什么来路。”

“你打算找谁鉴定？可以等老艾醒了去问他嘛。”

“开什么玩笑。”雷涛拍了一下他的脑袋，“那不就等于告诉他我们私自开了他的保险柜吗。你小子生怕别人不知道自己做了贼啊。”

“我就是一时脑子没转过来，你动手动脚干什么！”滕一鸣反手打回去。

“你又不是美女，谁稀罕动你。”雷涛走到书桌旁，拉开抽屉，拿出几个记事本和一本当年的行事历。

记事本有一部分是艾思源汇总的收藏知识笔记，另外几本是他的工作日记。雷涛大概翻了翻，没发现什么可疑之处。他翻开行事历，看到昨天的一格写着晚上聚会，之前的记录都是艾思源的工作和社交安排，同样没有特别之处。另一本工作日记里夹着几张信用卡消费凭单和两张违章停车罚单，其中一张是前天的日期，地点是柳林路。雷涛拿出手机拍了照片，把本子照原样放回去。

“你想找什么呢？”滕一鸣问，“神秘访客的照片？”

“我也不知道自己想找什么。”雷涛合上抽屉，“走，去其他房间看看。”

小卧室一看就知道是给孩子住的，墙上贴着超级英雄电影和职业棒球球星的海报，书架上整齐地排着漫画书和青春文学、侦探小说。用人造板材打造出的几样简洁流畅的现代风格家具上落着一层薄薄的灰尘。没有昂贵的艺术品做装饰，没有故意营造的雅致氛围，小房间给人一种清爽和活力充沛的感觉。

“这儿应该不会有暗格、密室之类的。”滕一鸣煞有介事地敲了敲小卧室的墙，对着雷涛摊手表示不可能有什么收获。他们退出来，推开主卧室的木门。

“我就是在这儿找到的药。”雷涛拉开抽屉扫了一眼，转身推开卫生间旁边的步入式衣帽间的推拉门。

“我一直搞不懂老艾哪儿来这么多钱。”滕一鸣跟进来。

这个衣帽间有十三四平方米大小，除了几十个储物格、衣被架，还装着烫衣板和一人多高的穿衣镜。艾思源的西装、休闲装、中式套装、高尔夫球装，还有四十多条领带、二十几双皮鞋、十几条皮带几乎占满了一整面墙的格子。他太太的名牌套装和帽子、皮包、皮鞋不甘示弱，占据了对面墙上的大半空间。

“老艾在艺术品投资方面很有眼光。据说每年捧着钱找他咨询的人都得排队。”雷涛小心地推开两件鸡尾酒礼服，发现墙上有两个暗格。兴冲冲地打开一开，里面是艾夫人的几套珠宝首饰，顿时有空欢喜一场的失落。

“就算来了个熟人，老艾也不大可能带他来卧室嘛。”滕一鸣看表，“哦，凌晨三点了，咱们该撤了吧？”

“好吧。”雷涛也感到继续漫无目的地找下去没什么意义。

他走出更衣间，关好推拉门，弯腰拿箱子的时候，手电光扫到床边小地毯上。米色提花羊毛毯上几点如细沙般撒落的、看似红糖的深红褐色粉末引起了他的注意。他伸手捏起粉末，感觉软软的，有点黏手，凑到鼻子边可以嗅到断断续续的香味，用手指轻轻捻动，它们便被揉成一个小圆球。

“这是什么？”滕一鸣问。

“有点像奇楠，但我说不准。”雷涛把小球装进小塑料袋里，封好袋口，装进背包。他又检查了一下床头柜，把席梦思床上的枕头被褥翻了一遍，没有发现类似的粉末。

“奇楠，是伊老师的印度奇楠?”

“不是，颜色和味道都不一样。”雷涛说，“明天找个懂行的问一问再说。”

“你说，从我们离开到回来的那段时间里，这里都发生了什么呢?”走下楼梯的时候，滕一鸣问他。

“我想应该是这样的。”回到客厅，雷涛在茶几前停住脚步，“我们走后，老艾点起线香希望能驱散榴莲的怪味。他坐在沙发上，点了一支早些时候卷好的香烟。这时候，门铃响了，有客人来访。对方是老艾的熟人。老艾请他到客厅，但客人提出不便久坐，于是他没有给客人沏茶。”

“然后老艾拿出了伊老师的奇楠，交给了客人?”

“嗯，伊老师委托老艾将奇楠送去拍卖，可能这个客人就是拍卖行的人。”

“我觉得不像。”滕一鸣说，“拍卖的事没那么急。拍卖行完全可以等天亮再派人来取。会不会是老艾对奇楠不怎么放心，找了其他人帮忙鉴定呢?大家都没见过印度奇楠，万一那东西货不对板，拍卖的时候会砸了他的招牌不说，对拍卖行也不利。”

“嗯，也有这种可能。”雷涛说，“访客的身份恐怕只能去找老艾证实，但不管怎么说，老艾把奇楠交给了这个人。而这个访客给了他一瓶沉香精油。”

“等等，你怎么能确定精油是客人给老艾的?”

“老艾之前说过，他没试过精油。”雷涛说，“所以我想那可能是访客带给他的。但是非常不巧的是，他们其中的一个人一不留神将精油打翻在地。瓶子碎了，精油渗进了地毯，全毁了。”

“所以他们动手收拾，打扫了碎玻璃。是客人把摔碎的瓶子拿走了？为什么呢？”

“这个……我还没想通。总之收拾干净客厅后客人就离开了。老艾送客之后锁上了门，回到客厅……”

“那他可够倒霉了。客人走了，终于可以自己放松下，结果突然就犯病了。身边没有人，药在楼上——这么看来房子太大也不是啥好事嘛。还好我们要回来给他送蜜蜡珠子，才帮他捡回了一条命。”

“也许吧……”雷涛深知这番看似合情合理的分析中又有几处解释不清的疑问，比如卧室地毯上疑似某种奇楠的碎屑是怎么弄上去的；又比如从里面锁死的月牙锁上那些黑灰色的粉末是什么东西。回家的路上，他一直在思考，希望能找到一个更完美的解释，但越想越觉得茫然无绪。

走进家门时已经过了凌晨四点，雷涛换上拖鞋，从酒柜里拿出一瓶喝了一半的威士忌，给自己倒了小半杯。然后他走进书房，打开笔记本电脑，把在艾思源的保险柜里找到的那个U盘插进去。拇指大小的存储器上的绿灯闪了几下，电脑桌面上出现找到移动设备的图标，和一个请他输入密码的提示框。

“搞什么……”雷涛泄气地喝了一大口酒。如此神神秘秘的，不知道会是什么了不得的文件。他试着用电脑里的解密软件扫描U盘，这软件是他为破解防盗系统找人专门编写的，但程序运行了半个多小时仍然无法破解出正确的密码。只能说，艾思源用到的密码比想象中的复杂，这更加深了雷涛的怀疑。他想隐藏什么秘密？目的是什么？看来只能等天亮出去找外援了。

雷涛把剩下的酒都倒进嘴里，关上电脑，拔下U盘。威士忌的辛辣味道一路从嘴里冲到胃里，渐渐化成一团暖流沿着全身的血管蔓延，催生出轻微的眩晕感和软绵绵的困意。他揉了揉眼睛，去浴室囫囵洗了把脸，脱下衣服钻进羽绒被里沉沉地睡去。

坊间多年来流传着这样一句话：幸福是什么？幸福就是猫吃鱼，狗吃肉，奥特曼打小怪兽，无忧无虑一觉睡到自然醒。雷涛对鱼、肉或者和小怪兽打斗没什么兴趣，但是喜欢每天睡到自然醒的感觉。

可惜要实现这样一个简单的愿望并不容易，早上九点不到，楼前的空地上就传来了“红红的小脸儿温暖我的心窝”“绵绵的青山脚下花正开”的吼声。雷涛翻身坐起来，抓了抓被枕头压扁的头发，忍住冲上阳台大喊几声的冲动。

不要轻易招惹那些大叔大妈，这是宝贵的人生经验，不信就一定会倒霉。雷涛从小就明白早起锻炼的各种益处，同意有好的身体才能享受幸福生活，只是锻炼一定要有震耳欲聋的音乐伴奏吗？音乐又一定得是网络上刚刚流行起来的曲子吗？也许再过二十年自己才能明白个中精妙吧，雷涛想象自己穿着花花绿绿的棉服在广场上扭动胳膊起舞的姿势，顿时起了一身鸡皮疙瘩。

放弃了继续睡觉的奢望，他起来找了一身干净的衣服换上，用冷水洗过脸，背上帆布挎包下了楼。冬日的早晨，灰蓝色的天空仿佛压得很低，路边光秃秃的树枝在温暾的阳光下泛着灰色调。寒冷干燥的空气中隐约有一丝枯草的气息，混着路边的早点摊飘出的包子、油条、煎饼味儿，给忙碌的街道增添了一份嗅觉上的暖意。雷涛沿着街边散步，一直走过四个路口，随着过马路的人流穿过街道，走进路边一家挂着镂刻木质招牌的咖啡馆。

“雷先生，好久不见。”穿着炭黑色立领工作服的领班迎上来，“楼上坐还是楼下坐？”

雷涛微笑着回应她的问候，在一楼找了一个靠窗的双人座。他没有看菜单，直接点了一份水果沙拉，两个鳕鱼三明治和一杯玫瑰焦糖玛奇朵。不大一会儿工夫，咖啡和餐点端了上来。雷涛谢过领班，随口问老板是否碰巧在店里。

“太不巧了，老板一早去机场接一个美国来的老朋友。”领班说，“估计得中午才能过来了。您有事？”

“啊，也没什么。”雷涛从背包里拿出装着U盘的绒布包，“你能帮我转交这个给他吗？”

“好啊，没问题。”领班爽快地答应，也没问包里是什么东西，“还需要我做点什么？”

“没别的事了，给你添麻烦了，真不好意思。”

“不用客气。”领班欠身子致意，扭头去招呼其他客人。

雷涛惬意地喝了一口热乎乎的咖啡，拿出手机拨通滕一鸣的电话。《蜡笔小新》的主题曲响了很久，听筒里终于传来一声咕哝。

“大哥……这才几点……让不让人活……”

“想问你要不要一起出去走走。”雷涛咬了一大口三明治，“算了你好好睡吧。我一会儿打算去拜访伊彦华。”

“啊？你找他做什么？”滕一鸣精神起来。

“让他帮忙看看昨天咱们找到的那些沉香。还有就是问问老艾的情况。”

“这样啊……那我跟你一起去。”滕一鸣清清嗓子，“你在哪儿？我过去接你。”

“要不你再睡会儿，咱们十点半在伊彦华的店里碰头。”雷涛看表，“你认得路吧？他的店在迎春路，叫……惟馨堂，离你家不远。”

“行！那就一会儿见。”

放下手机，雷涛静下心享用早餐。在国外时，他早已厌倦了洋人单调的汉堡、薯条、沙拉，就算是相传和中餐差别不大的日本料理，样子美观精致，口味却清淡无奇。所以那几年，雷涛对烤鸭、小笼包、烧饼和炸酱面的思念日久年深，几乎到了难以自持的程度。可是回国之后，每天被滕一鸣大惊小怪地灌输地沟油、苏丹红、血脖肉、僵尸牛排的惊悚故事，他开始有了选择恐惧症，为了多活几年，不得不慎之又慎，不是放心的店家卖的食品不敢轻易尝试。

这家咖啡馆自然是靠得住的，虽然价格贵一点，但口味和环境都比其他店铺高一个档次。雷涛尤其喜欢这里独家秘制的玫瑰焦糖玛奇朵，牛奶、香草、焦糖混合在咖啡苦涩的香气里，辅以玫瑰的妩媚馨香，回味绵长。

挂在墙上的液晶电视机里，播音员正在播报新闻，大部分都是来自世界各地的坏消息。美国某地暴风雪肆虐，大面积断水断电；欧洲某地航空公司职员大罢工，造成数百架次航班延误，几万名旅客滞留机场；国内某地遭遇史上罕见冻雨袭击，没有暖气的居民们不得不跑到洗浴中心躲避严寒，等待政府机构的救援；三天前的凌晨，本市郊外发生一起交通事故，司机驾车逃逸，死者身份尚未查明，警方希望热心市民提供线索；气象部门说新一轮大范围降雪即将来袭……

雷涛喝着咖啡，听着轻音乐，思索着生活如此艰难，人类躲不过天灾，却为何还是喜欢制造人祸为难自己。不行，这个问题太深奥，他想不出什么名堂，还是留给能绕着弯子把一个简单命题说成天方夜谭般的哲学家们去解释吧。雷涛只知道身处人群之中就无法躲开飞来的是非，就像昨晚，好好的一个聚会最后差点变成葬礼的热身，留下大把的糊涂账。唯一让他感到不安的是，他没法说服自己不去蹚这潭浑水。

雷涛每每痛恨自己旺盛的好奇心，但遇到事还是会不由自主地冲上去，不把所有疑问解开誓不罢休。为此，他没少吃亏，好几次险些丢了小命。他曾经不止一次提醒自己，以后不要再多管闲事，但事到临头才发现想管住自己实在很难。算了，不必胡思乱想，走一步看一步吧。

早餐的热量和咖啡因赶走了晚睡早起的倦意，雷涛用手机上的叫车软件约了一辆出租车过来接自己。已经过了上班族集体出动的高峰期，一路上还算顺畅。伊彦华的店铺在迎春路靠西端的路南，门口站着两个新做的石狮子，故意做旧的匾额上用草书写着斗大的“惟馨堂”三个字。

这个名字取自《尚书》中的“明德惟馨”，形容真正能够发出香气的是美德，既点出了店铺经营沉香精品的意思，又沾了些许雅趣，还可以暗示店主诚信经营，想必当初伊彦华起名时花了不少心思。

离约定的时间还有十分钟，雷涛走进刚刚开门迎客的店里，看见两个穿着墨绿色对襟夹袄和绣花长裙的店员正在整理柜台，把一件件手串、佛珠、挂件和摆件放在合适的位置，等待客人观赏和挑选。伊彦华站在柜台外指导，见雷涛进门，面露惊讶地迎了过来。

4. 幽灵密码

“你怎么来了？”

“昨天晚上走得匆忙，不知道老艾情况如何？”雷涛问他，“医生怎么说？”

“没有生命危险，但什么时候醒过来还不好说。”伊彦华叹气，“人还在重症监护室里。我昨晚离开时给医生和护士塞了点钱，请他们多费心。”

“通知他家里人了吧？”

“他的老婆和孩子今天一早飞回来了。曼怡去接的机，这会儿已经把他们送到医院。我刚刚给拍卖行打了电话，让他们火速派人去医院帮忙。老艾没有生命危险，但几个月之内肯定不能再工作，拍卖行对于找人接替他的问题感到很头疼，你知道，他在那一行里可是这个。”伊彦华伸出大拇指。

“世事难料啊。”雷涛谢过伊彦华的细心周到，“您的那块奇楠还是不知道在哪里？”

“这种时候我也不好提这事。”伊彦华苦着脸，“好端端的那么一大块奇楠总不会自己蒸发了。或许就是老艾给收起来了吧，除此之外我实在想不到别的解释。”

雷涛安慰他放宽心，自己却疑窦丛生。如果昨晚的访客是拍卖行的人，今早伊彦华致电联系的时候，拍卖行应该会告诉他实情。因为艾思源病倒后，奇楠是否要继续拍卖，怎么定底价都要和主人商量。所以访客应该和拍卖行没有关系。那会是什么人呢？半夜三更上门拿走奇楠又匆匆离开，如果没有见不得人的事，没必要如此遮遮掩掩。艾思源背地里在捣鼓什么呢？

“我打算把店里这边安排好再过去探望。”伊彦华没有注意到雷涛茫然思索的表情，只是自顾自地抒情，“唉，人有旦夕祸福，此事古难全啊。”

“伊老师又感慨什么呢？”穿着臃肿羽绒服的滕一鸣溜达进门，和大家互道早上好。

“嗨，老艾出事以后我这心里就乱糟糟的。”伊彦华转身拿起柜台上嗡嗡乱颤的手机，贴在耳朵上听了几秒钟，阴沉着脸挂断。“又是骚扰电话，一天能接到二十多个，不是卖保险就是卖房子，真是烦死了。”

“总比那些吓唬你有法院传票的骗子强点。”滕一鸣安慰他，“伊老师，我们有点事想请教您。”

“哦，是这个。”雷涛从帆布包里拿出两个小塑料袋，“我和一鸣商量，也想搞点沉香在店里卖——跟上收藏的热点嘛。我们的一个朋友在做这个生意，认识供货商。他从他的店里给我们拿了些样品，但是我们两个都不是很懂行，怕上当吃了药，想请您帮忙看一看。”

“啊……好啊，我们去里面坐吧。”伊彦华引他们穿过两个柜台间的一道小门，来到后面的办公区。这里有一间办公室，一间休息室兼做更衣室，还有库房。

“其实你们想做沉香的生意，可以和我合伙嘛。”走进办公室，伊彦华不顾雷涛的推辞沏了一壶铁观音，“我认识几个靠谱的供货商，价格也好商量。”

“您是做精品的，我们不敢高攀。”雷涛借机恭维他，“您也知道如今这市面上假货比真货多，说十香九假有点夸张，但也差不多了。我们还是打算先观望一下。”他把包里的十几个塑料袋都拿出来，把里面的沉香倒在伊彦华铺好的细绒布上。

伊彦华拿起一块沉香放在放大镜下，仔细地观察油脂线的形态。他放下工具，用手指缓慢地捻动木块的表面，凑近鼻子闻了闻，又端来一个盛满清水的玻璃碗，把它放进去，观察它能否沉入水中。每一块沉香都被他如此检验，有些一入水就沉底了，有些则是半沉半浮的状态。

“这些东西还是不错的。”看过最后一块沉香，伊彦华用软布将它表面的水迹擦干，然后喝了口茶润润嗓子。

“是真货吧？档次咋样啊？能看出是土沉还是水沉或者什么其他沉吗?”滕一鸣比谁都心急。

“别急，听我慢慢给你们讲。”伊彦华放下茶碗，拿起两块沉香放在一边，将其他的归位摆一堆。“什么土沉、水沉、倒架、板头之类的，你们肯定已经听过很多了。沉香分类的方法五花八门，很多人一不留神就容易混淆。实际上从形成的方式看，沉香只有两类——生结和熟结，或者叫生香和熟香。”

“这个我知道。”雷涛说，“如果在沉香木内部结香，可以在树体内不断地生长，直到被采摘下来的就是‘生结’。”

“脱落后经过醇化出来的就是‘熟结’，对吧?”滕一鸣问，“好像也有人管这种沉香叫‘死香’。”

如果香体从沉香木中脱落，掉在沼泽或者泥土的环境里，香体就会停止生长，慢慢地变质、风化，最终消失。但是如果脱落的香体含油量很高，外部风化反而会起到保护内部油脂的作用，保持下来的油脂便会存留下来并且在环境中醇化。又或者结香的沉香木死亡。残留在树体内的香体会随着木质的腐朽停止生长，但油脂含量高的香体会发生醇化，形成独特的香味。

“是这样的。”伊彦华用手指拨弄着沉香，“你们拿来的这些样品里，这两块是生结，其他的都是熟结。生和熟通过香料的外观和香味比较容易分辨。鉴别沉香，不管是普通的沉香还是奇楠，都要先分清生熟。”

“是生结好还是熟结好呢?”雷涛向他请教。

“不能一概而论。”伊彦华解释道,“判断沉香的好坏主要是看含油量的多少和香韵——简单地说就是味道好不好闻,有没有层次感。‘熟香’比‘生香’的形成时间长,熟化的程度高,所以相比之下,‘熟香’在熏烧时香味更持久,纯度更高,更加浓郁。但是呢,‘熟香’也可能因为形成的环境导致退化,有了杂味。”

“我鼻子不灵,闻不出差别。”滕一鸣拿了两块沉香放在鼻子边嗅了嗅,皱眉摇头。

“这个靠经验,而且最好熏烧一下,那样香味会非常明显。”伊彦华笑道,“这么说吧,好的‘生香’的气味比较清新,带着一点凉意;不好的就会感觉有生涩味,香味里有水汽很重的感觉。‘熟香’的味道比较醇厚,带着蜜糖或者奶制品的香味,但也有一些带着明显的霉味或者酸味。所以说,生和熟哪个更好得具体分析。市面上嘛,‘熟香’的价格通常高一些,主要是因为产量低。”

“我还是分辨不出来。”滕一鸣仍然在努力靠鼻子品鉴。

“其实看外观也能分辨生熟。”伊彦华拿起放大镜,“你看,‘生香’的油脂线比较明显;‘熟香’因为生长时间很长,油脂线看起来不是很突出。还有,‘熟香’会比‘生香’松软,如果用刀削几下,会感觉区别很明显。”

“我看那两块‘生香’都能沉水。”滕一鸣说,“能沉水的应该说品质更好一些吧?”

“能否沉水的确是一个判断标准。”伊彦华表示赞同,“沉香能沉水是因为里面含有大量油脂,比重大于水。但是看重量之前得分清它是新料还是老料。刚挖出来的新料水分很多，重量严重虚高。新料放置几年后，内部多余水分挥发干净，就可以称之为老料。有些料子刚采摘的时候能沉水，但放几年就没戏了。”

“那要放多久才行呢?”

“经验上，新料完全阴干至少需要五年时间。用干透的沉香老料做出来的工艺品和珠子才不会发生变形、变轻的问题。”

“要那么久啊。”滕一鸣惊讶。

“不瞒你说，我就吃过类似的亏。”伊彦华叹气，“几年前刚开始做买卖的时候不太懂行，屯了一批能沉水的料子。两三年后市场看涨，我喜滋滋地把它们拿出来想车珠子穿手串卖，结果发现重量居然丢了好多，生生变成了浮水的货，只能赔本贱卖，亏得我跳楼的心思都有了。”

“我刚开始开店的时候也打过几次眼，赔得底儿掉。”滕一鸣安慰他，“就当缴学费了，吃一堑长一智。”

“所以我们今天才来请教您。”雷涛趁机说，“伊老师您觉得这些料子还好吗?”

“还是不错的。”伊彦华拿起几块香片，“除了这几块像是边皮油，其他的应该都是树心油。”

如果一颗沉香树受伤可以深达木质内部，伤口更容易结出颜色较深、含油量比较高的树心油沉香。当油脂含量达到百分之八十左右，就会出现能沉水的现象。反之，如果沉香树的伤口只停留在表面，形成的沉香就是边皮油沉香。边皮油沉香的形态大多是薄片的形状，很难找到厚实的香体，加热之后油脂会很快挥发殆尽。

“听您这么说，我就放心了。”雷涛做出放松的样子，“我那个朋友张嘴闭嘴只有一大堆的名词，我听得半懂不懂的，一脑子糨糊。他好像说过这批货的产地是……”他用胳膊肘顶一下滕一鸣，“你还记得吗？”

“我……”滕一鸣不知道他什么意思，只得张口结舌地搪塞，“我也记不清了。他店里卖的大多是印尼和马来西亚的沉香，所以这些应该也是星洲系的吧。”

沉香按产出地不同可以分成两大类：惠安系与星洲系。星洲系是东南亚华人圈对在新加坡集散的沉香木的统称。马来西亚、印度尼西亚、文莱、巴布亚新几内亚等太平洋、印度洋上的岛国出产的沉香在古时候都是先走海路运输到新加坡，再被贩运到世界各地。新加坡又称星家坡，星洲系因此得名。星洲系的沉香是目前世界上使用量最大的沉香，几乎占了市场的九成。

市场上习惯性地将星洲系划为三线产区，其中印尼的达拉干，文莱为一线产区，印尼的加里曼丹、马尼恼，马来西亚的西马为二线产区，印尼的亚齐、伊利安，巴布亚新几内亚等地为三线产区。不同产区产出的沉香，特色和香韵差别明显，比如，文莱沉香是典型的蜜药香；加里曼丹岛的沉香有着特有的花果香气；伊利安岛的沉香花香浓郁，还有乳香的尾韵。

“如果这些沉香是星洲系，它们应该出自西马。”伊彦华卖关子一般地沉吟片刻，“嗯，有花香气，甜中带着一点凉意，很像出自西马南部产区。靠近北部的西马产区，香韵中有酸味，就是类似浆果的味道。”他又用放大镜观察了几块沉香，再次贴近品味香块中散发出的微妙气味：“呃……但是以我这些年的经验，这些应该是惠安系的沉香。虽然西马南部的沉香味道和惠安系非常接近，但还是有些差别。这些沉香颜色都比较浅，而西马沉香的颜色会深一些。”

“惠安系，是越南的吗?”雷涛问。

“惠安系的沉香不止越南一个产区，但肯定是越南沉香名气最大。”伊彦华点头，“越南沉香的生产来源于当地的蜜香树。蜜香树结出的沉香颜色比较浅，和其他国家的沉香很容易区分开。越南出产的沉香以小块居多，很脆，所以大多数用来提炼精油或者做熏料用，很少有能做成珠子的料子。”

越南本地的蜜香树，集中于中部山区，就是《明史》中所称的“占城”国一带。由于古代越南香木都在集散地惠安交易，所以越南沉香又俗称“惠安沉”。由于多年的开采，越南野生沉香现今已经很难遇到。现代在越南所交易的沉香大部分是来自世界各地。印尼、马来等地也有蜜香树，结出的沉香和越南沉香的味道非常接近，普通人很难分辨出来。

“现在，周边一些国家产的沉香也都归入惠安系了。”伊彦华找了一块软布擦擦手，“你们拿来的这些沉香，有一部分是越南的，还有几块应该出自柬埔寨、缅甸和寮国。”

“寮国是哪里?”雷涛一直觉得自己地理学得不错，但对这个名字毫无印象。

“就是老挝，但是我们圈内都称其为寮国。”伊彦华笑道，“老挝和越南接壤，其实现在很多所谓的越南沉香都是在老挝采集的。只是寮国沉香档次参差不齐，上好的黑奇楠和生木绿奇楠不输给越南奇楠，可是普通的就只能提炼精油、做线香或者做药材用。”

“不愧是伊老师，太渊博了。”滕一鸣夸张地献媚，“您简直就是活字典！不，是活的百科全书！”

“惭愧，太惭愧。”伊彦华明明十分得意，仍然做出不好意思的表情，“我也是这些年慢慢积累起来的经验，刚入行的时候吃药吃得自己都快吃不消了。”

“我要是能学到您的一半就知足了。”滕一鸣继续吹捧，“听您这么一说，我心里踏实不少。这些货，总的来说靠谱，对吧？”

“这些货的品质还是不错的。”伊彦华强调，“基本上属于中档偏上的范畴。你的朋友是从哪里进的货？能不能给我也介绍认识一下？”

“我们和他还没谈妥，所以不知道他的渠道。”雷涛赶忙说，“等谈好了，伊老师您如果愿意合作，大家可以一起进货。到时候您也可以再帮我们把把关，我们也能少走点弯路。”

“好说，好说。”伊彦华显示出极大的兴趣。

“刚刚说到奇楠。”雷涛抓住时机，“正好，您帮我看看这些是不是奇楠。”他从外套口袋里拿出昨夜在艾思源卧室地毯上捡到的那一小撮碎屑。

伊彦华捧着碎屑，先是捏起来在手里揉了揉，用指甲划了几下，又把它放在嘴边，用舌头沾了沾，用牙齿轻轻咬了几下，那表情好像是美食家在给菜肴打分，不能放过一丝一毫的味蕾体验。

“没错，这是糖结奇楠，状似红糖。”他用茶水漱漱口，“品质还不错，只是有点偏硬。”可能是想到了自己下落不明的印度奇楠，勾起伤心事，伊彦华的脸上浮现出一点惆怅。

“果真是奇楠。”雷涛嘴上夸赞伊彦华懂行，心里却不免纳罕。昨天他和滕一鸣认真地检查过整个艾思源的卧室，根本没发现任何奇楠的影子。在其他房间，包括保险柜里也没有见过类似的东西。那么这些来历不明的奇楠的碎屑又是怎么一回事呢？

还有，和价值上百万的藏品一起被艾思源放入保险柜的这些沉香料子被伊彦华评价为中等偏上。这个判断并没有令雷涛感到意外。他好奇的是，这些木料除了本身的价值之外，对于艾思源来说是否还有其他不为人知的意义。雷涛很难说清为什么会关注这些木料，可能是它们出现的地方不太合理，引起了他的联想，又或者是因为昨晚发生的很多事细想起来都不合理，于是放大了这些木料存在的不合理之处。和它们一起放在皮箱里的那个U盘也很神秘，或许破解了密码就能解开至少一部分这个谜团。

所有的这些不合理之处，和艾思源的病有关系吗？在那三十分钟里究竟发生了什么，只有他自己和访客知道。一个心脏病人在深夜发病算不上奇怪，紧锁的门窗可以佐证意外的发生，可是一旦加上这些不合理之处，就好像在一个已经平衡的天平的一端再加上几个砝码，虽然砝码的重量不大，但足以让天平瞬间向这个方向倾斜。问题是，天平的另一端究竟是什么。

“老板，凌先生来了。”一个服务员敲门进屋，身后跟着面色焦急的凌志远。

“你们也在啊?”凌志远脱下外套，对雷涛和滕一鸣点头问好。

“我们想和伊老师一起去看看老艾。”雷涛匆匆收起自己带来的沉香。

“我早上去过医院。”凌志远脱下外套，“出来时搭了曼怡的顺风车。她今天上午还有一堂香道和香文化的课，已经收了人家的学费，不方便推掉。”

“老艾情况如何?”伊彦华关切地问。

“还没醒过来，医生也说不清要昏迷多久。”凌志远郁闷地说，“有他家里人在医院盯着，拍卖行派去了一个助理帮忙，如果情况有变他们会马上通知我们。”

“你今天不用上班吗?”雷涛问他。

“我其实已经到单位了。”凌志远拿出手机，“但是开电脑时邮箱弹出一个未读来信的提示。”他用手机登录自己的电子邮箱。“我一看邮件吓了一跳。你们来看。”

邮件的内容只有一句话，确切地说是一串字符：LLL221B5U1301。令人不安的是发件人和发件时间。

“这是上午十点整从老艾的邮箱发给我的。”凌志远说，“他人还在重度昏迷状态，不可能发邮件给我。”

“还有什么人知道他邮箱的密码呢?”伊彦华猜测，“他的家人，或者工作单位的熟人?”

“同事不太可能知道彼此的密码。”雷涛说，“他的家人可能性最大。但是志远去过医院，见过老艾的家人，如果他们有事要说为什么不在当时说？而这一串密码和数字是什么意思?”

“我出门之前打电话问过老艾的太太。”凌志远说，“当然我没直接问她有没有发邮件。我对她说我给其他人发邮件结果错误抄送给了老艾，因为是工作邮件，让她帮忙删掉免得引起误会。她很肯定地告诉我，老艾的邮箱密码只有他自己知道。”

“那就怪了。”伊彦华看着手机屏幕，“或许老艾的邮箱被盗了。这可能是黑客的恶作剧。”

“只是发生在这个时间未免太巧。”雷涛说，“这个发邮件的人，到底想说什么呢?”

“我也觉得这事透着诡异。”凌志远说，“你们想一想，昨天我们离开的时候老艾好端端的，没过多久突然就倒下了。幸好雷涛他们折返回去救了他一命，但是伊老师留给他的奇楠却没了踪影。今天一早我又收到这么个邮件。单独看每件事，好像都是意外、巧合，放在一起就让人觉得脊背发凉。”

“你别吓唬我。”伊彦华捂着胸口，好像也要犯病似的，“你的意思是老艾的病另有隐情，这话可不能乱说。”

“但这邮件绝对有事。”滕一鸣说，“LLL221B5U1301……221B？这又不是英国伦敦，哪里来的221B？这人的意思是让我们去找福尔摩斯吗?”他瞥见众人的表情都在暗示他乱说，不服气地争辩，“贝克街221B，这么有名的地方你们都不知道吗？柯南道尔的小说里，福尔摩斯就住在那里。福尔摩斯你们总该听说过吧?大侦探！世界上最有名的名侦探！没有他破不了的案子!”

“我们知道福尔摩斯是谁，谢谢你了。”雷涛打断他的聒噪，“你不能只看见221B，还有其他一大堆字母和数字呢，都是什么意思?”

“我……我又不是搞密码破译的，哪里知道是什么意思。”滕一鸣气哼哼地说，“这人真是奇怪，想说什么就直接说嘛，藏头露尾地用别人的邮箱，还玩密码!”

“可能是出于某种原因，他不方便直接说。”雷涛把字符串抄在一张纸上，“我觉得这未必是密码。这个人给致远发邮件，肯定是对他有一定的信任，所以发件人应该比较了解他。发件人故意用老艾的邮箱，应该是想说这条信息和老艾有些关系。”

“我想不出会是什么人。”凌志远苦恼地说，“不过雷涛说的有道理，如果这个人想告诉我什么事，用密码肯定没戏，因为我完全不懂密码那一类的东西。我猜这可能是简写或者……总之是在我能力范围之内的暗示。”

“要不我们报警吧。”雷涛建议，“把这个交给警察，不管是密码还是其他什么暗示，他们总比我们专业一些。”

“实在不行也只能这样了。”凌志远犹豫了一下，勉强点点头。

“万一只是恶作剧呢?”伊彦华反对，“我们报警，人家警察白忙一场，到时候肯定跟咱们急眼。”

“要不咱们先琢磨琢磨。”滕一鸣提议，“谁也不能肯定这邮件和老艾有关系。这会儿报警我们该跟人家说什么?警察同志，我们怀疑有坏人给我们发邮件。结果呢，什么证据都没有，全是咱们的猜测。警察每天有那么多杀人放火的案子等着侦破，保不齐倒把咱们当成搞恶作剧的给抓起来教育一顿。”

“说的也是。”凌志远靠在沙发扶手上，满脸迷惑，“但是我实在想不出来LLL221B5U1301能代表什么。”

“会不会是打开某个电子锁的密码?”滕一鸣瞎猜,“比如发信人在银行有个保险柜,里面放了一些秘密文件。唉,外国电影里都是这样的情节,《007》看过没?”

“银行保险柜的密码没有这么多位数。”雷涛对他的胡乱猜测不以为然,“而且开银行的保险柜需要钥匙,还需要本人或者本人正式的授权书。只有一串密码根本就没用。银行才不会没凭没据就随便放人进保险室。还有,一般的电子锁都是六位或者八位的数字密码,不会混着字符。”

“也许字符就是障眼法。去掉字符就是22151301,正好八位。”

“如果是密码,发信人至少得给点其他提示。”雷涛说,“比如这是什么的密码,地址在哪里……地址……”他又看了一遍字条,“也许这不是密码,是一个地址的缩写。”

“你不会真认为是什么221B吧?”滕一鸣说,“我那就是随口一说。”

“我觉得你说的有些道理,但不是221B。”雷涛解释道,“你们看,LLL可以代表街道,比如说迎春路可以写成YCL。B代表Building也就是建筑物,B5应该就是5号楼的意思。U是Unit,意思是单元,U1就是1单元。所以如果这是一个地址,可以翻译成LLL路221号,5号楼1单元301。我在国外的时候,见过很多人写信时在地址中用B、U这样的缩写。”

“别瞎猜了。”滕一鸣不信,“LLL到底是哪条路?城里可以缩写成LLL的街道太多了,咱总不能一条一条去搜。”

“我只是觉得这样的字母数字排列结构很像一个具体到门牌的地址。”雷涛说，“唯一的麻烦就是，想搞清楚LLL是哪里的确很困难。”

“说了等于没说。”滕一鸣撇嘴。

“如果真是地址，发信人是什么意思？”凌志远疑惑，“想约我见面？”

“就算他有这个心，我们也得先找到地方。”滕一鸣干脆拿出手机打开电子地图，在软键盘上敲出三个字母“L”，屏幕上出现二十多个联想出的地址。“绿萝路、玲珑路、柳林路……太多了啊，到底是哪个？”

“柳林路……”雷涛觉得这个名字在哪里见过。

“对啊，柳林路。”凌志远露出恍然大悟的表情，“应该就是柳林路！”

“你怎么知道？”伊彦华不解。

“老艾在柳林路有一套房子。”凌志远说，“前阵子我家装修，他觉得效果不错，打算请那个施工队把家里的阳光房、厨房和卫生间重新装修。我记得他当时说，施工时他们搬去柳林路住一阵子。但是具体的地址我就不知道了，也许就是柳林路221号，5号楼1单元301。”

柳林路……雷涛继续在记忆中搜索，啊，想起来了，昨天在艾思源抽屉里发现的几张罚单，日期最近的一张地址就是柳林路。

“可是柳林路没有221号。”滕一鸣给他看手机地图，“你看，我搜过了，根本找不到。”

“柳林路有22号吗?”雷涛问。

“有，柳林路22号，石代谷小区。”

“小区有几期?”

“我看看……”滕一鸣打开浏览器搜索，“石代谷一共有三期，其中第三期在建。”

“所以LLL221不是柳林路221号。”雷涛说，“我们要找的是柳林路22号，石代谷第一期，5号楼1单元301。”

“我们去看看吧。”滕一鸣跃跃欲试。

“不知道发信人的葫芦里卖的什么药啊。”凌志远为安全担心，“我和他无冤无仇，按理说他不会害我，但这鬼鬼祟祟的做法总是让人觉得别扭。”

“不放心的话，我们可以通知警察。”雷涛说，“他总不至于对警察下手。”

“就怕有警察在，对方不肯露面。”凌志远摇头，“而且我们只有一个猜出来的地址，没证据说对方有犯罪行为，警察怕是不会管。还是先去探探路为好。”

“要……大家一起去?”伊彦华的脸色有些为难。

“伊老师你忙你的。”凌志远站起来，“雷涛、一鸣和我一起去就行了。就算对方要花招，我们三个大男人肯定应付得了。”

“我来开车。”滕一鸣穿上外套。

“我等你们的消息。”伊彦华送他们出门，唠叨了十几遍多加小心。

“你们说，老艾会不会在外面得罪了什么人?”系好安全带，凌志远问雷涛。

“我也说不清楚。”雷涛发了两条短信，收起手机，“他得罪了人，对方也没理由找上你。我们还是把情况摸清再做打算吧。”

5.私宅珍藏

柳林路接近城市的东南边缘。十几年前，这里有大片的城中村。没有经过规划的平房一片片交错，挤压着日渐狭窄的道路，很快把所剩无几的几片花田也全部蚕食殆尽。在村落中建起的大大小小的私人加工厂、食品作坊笼络了大批来自近郊、远郊还有外埠的打工者。

白天，村子里异常安静。到了晚上，烟熏火燎的大排档和装修很不讲究的洗浴中心热闹起来。挂着粉红色灯笼的KTV和发廊里传来各种语言的嬉笑声。到了半夜，说不清从哪里来的大货车会一排排地停在村口，装上一箱箱的货物，交接一沓沓的单据，有时还能见到一捆捆的钞票，一直忙碌到天明时分才渐渐安静下来。

日益繁荣的城乡接合部滋润了一部分当地居民。他们不需要挥汗如雨地种地或者做工，单靠出租私搭乱建的小砖房也能赚来可观的收入。闲暇时，他们会约上三五好友打打台球、喝喝啤酒，和隔壁的足浴店里从南方来的小姑娘聊聊人生，与租了自家房子提炼地沟油的小伙子一起声讨邻村那家黑心豆腐坊，日子过得既不平淡，也不操劳。

只可惜美好的日子终归是短暂的，来来往往的人群带来了租金和效益，也带来了黄赌毒，带来了坑蒙拐骗偷抢，带来了满地的垃圾和臭水沟，让一些想好好过日子的村民苦不堪言。政府早就有意下大力气整饬但无奈预算太高，只能加强管理和检查，但总归是治标不治本。

直到几年前，房地产行业进入黄金时代，一个开发商看上了这块离城区不太远、交通也挺便利的地界，开始了轰轰烈烈的征地拆迁。经过几番激烈的讨价还价和几次闹剧般的冲突之后，平房和作坊都被推平，外来务工人员如鸟兽散一般另寻出路，一部分村民拿着补偿款住进了新楼，另一部分在其他地方买了房子搬离了故地。

五六年的时间里，一片片楼盘拔地而起，很快附近又建起了超市和社区医院，通地铁和建小学据说也提上了日程。天天诅咒希望楼市降价甚至崩盘的人们眼看着开发商的报价一路攀升，从三年前的两万元起跳到一个月前的四万元起，因为自己的一念之差没有提早下手的悔不当初。

石代谷是柳林路上最大的一个楼盘，加上在建的三期一共有二十栋楼。第一期的5号楼在小区的最西端。滕一鸣把车停在1单元门口，开始发愁该去哪里找停车位。雷涛推开副驾驶一侧的车门下车，回头看见凌志远努力在推车子的右后门，但车门锁死了打不开。滕一鸣回头说了句什么，发动车子拐向两座楼之间的空地。

雷涛跑上三楼，推了一下301的房门。门是锁着的，敲了几下里面没人回应。他在路上悄悄通知滕一鸣到达目的地后拖住凌志远，给自己一点时间。看目前的情形，他们就算在小区里开车转上一圈也不可能拖得太久。雷涛拿出通条和小钩子，开始专心开锁。

这时候，雷涛最担心的不是凌志远突然上楼来，而是隔壁的邻居出门倒垃圾。还好，这种一字形的防盗锁很容易对付。三分钟后，楼下传来滕一鸣的大嗓门。雷涛收起工具，推开301的房门。

“我也不知道是哪里的毛病。有时候门从里面打不开，得从外面下手。估计是电路坏了。哎呀我可不懂那些高科技的玩意儿。”

“你那车才买多久就出毛病，去找店家嘛。”凌志远和滕一鸣并肩上楼，“让他们修，修不好就换新车。现在的店家都贼得很，你得和他们来硬的。”

“嗯，有道理。”滕一鸣认真地点头。

“门没锁。”雷涛对他们说，“但里面好像没人。”

“进去看看嘛。”滕一鸣会意地对他笑了笑，走进房子里。

这套房子是一室一厅的小户型，和艾思源在城里的跃层精装修豪宅比起来可以说天上地下。房子里几乎没有装修，四白落地，朴素的灯饰，房间里放着多为宿舍用的人造板材家具。凌志远说艾思源买这套房子时没想过要住，是因为他看准了房价会飙升，小户型的房子最容易出手所以才买下来等着升值。这些家具是他不久前从亲戚手里借来的闲置旧物，打算家里装修的时候过来凑合住几天。

客厅的沙发旁没有茶几，放着十几个半米高的木箱。木箱的盖子都被打开，封装用的钉子扔了一地。掀开盖住箱口的白色苫布，里面原来装的都是沉香木料。

“这些都是老艾的收藏吧。”雷涛拿起一块料子给凌志远看，“怎么会放在这个地方？”

“这料子不错啊。”凌志远答非所问，只是翻来覆去地看手里的料子，“这是沉香板头。”他又从箱子里捡起一块：“这个也是，山形的，也算是板头，而且是老头沉香了。”

沉香树有大面积的平面伤口时，树体会结出外形比较薄，但油脂含量很高，形状和边缘呈现不规则状态的扁平状香体。圈内人称之为板头沉香。如果板头沉香的横断面凹凸不平，不同位置的导管油脂凝结长度不同，在除掉沉香的木质成分后，就能看到像山脉一般层峦叠嶂的效果，于是便被形象地称为山形沉香。根据板头沉香的油脂密度和熟化时间长短，通常可以将它分为“铁头”“老头”和“板头”三个等级。

凌志远放下两块板头，翻开另一个箱子上的苫布，拿起一块颜色比较浅，上面有几个明显的窟窿，形状像被掏空后变形的钢管一样的料子，凑近了闻一闻，拿给滕一鸣看。

“这个应该是虫漏。”滕一鸣掂着木料，“是野生的吗？”

虫漏是沉香树被虫子啃噬后结香的结果。沉香树，尤其是蜜香树，因为本身的香甜松软，很容易招来诸如虫蚁噬咬。被啃噬的部位会造成感染，结出沉香。现在野生沉香稀少，多以人工种植为主。人工结香便是参考了虫漏形成的原理，用钢条或其他硬物在沉香树上打出人造虫眼，促使沉香树分泌油脂。但是人工虫漏的虫眼会比野生的大很多，香体因为结香的时间短而油脂稀薄，香味也比野生虫漏差得很远。

“这些虫漏小虫眼多，是野生的。”凌志远说，“气味偏甜凉，像是越南货。”他又开了一个箱子：“啊，这个也是，很典型的越南芽庄壳子香。”

在越南，有“一芽庄，二富森”的说法。芽庄是越南沉香的第一产区。芽庄沉香甜味强烈，干料可以散发出蜂蜜一样的清甜香气，燃烧的时候除了瓜果香气，还可以品到浓烈的凉意。芽庄的沉香中最出名的则是绿奇楠和生木白奇楠，再有就是极其稀有的黄土沉。芽庄的黄土沉富含金黄色的碳化油脂，味道清新纯净，其中上好的根部结香，比奇楠还要稀有珍贵。除此之外，芽庄的虫漏和壳子香也是沉香爱好者们趋之若鹜的心头好。

壳子香，是沉香树体不规则的地方受到大面积伤害——比如树枝被风吹断——结出的薄薄一层，像壳子一样的香体。它的形成原理和板头沉香类似，不同之处是壳子香的断面凹凸不平而且香体外形比较小而且薄。因为外形常见的是贝壳、钢盔似的形状，壳子香也称“笠壳”“壳沉”，有些人也称之为“树丁”或者“树耳朵”。

雷涛一时兴起，把剩下几个箱子一一掀开，突然产生了一种似曾相识的感觉。靠近沙发摆放的四个箱子里都是小块的木料，不论是颜色形状，都和他一早拿给伊彦华过目的非常相似。艾思源收在保险柜里的木料是从这里挑选出来的。看这大大小小的十几箱，他没准打算学伊彦华，做沉香的买卖。

“这些都是越南货吗?”滕一鸣问凌志远，“我看着它们都差不太多。”

“大部分应该都是。”凌志远有些吃不准，“这边的两箱有点像柬埔寨沉香和寮国沉香。”

“还是说老挝吧，寮国实在不习惯。”

“哈哈，是啊，我一开始也不习惯这个称呼。”凌志远笑道，“老挝沉香味道比较淡，我买过几次，觉得不太好。柬埔寨北部产的沉香和越南的接近，但甜味比较淡；南部产的有酸味，还不如北部的沉香。据说柬埔寨的菩萨省出产的菩萨沉香花香清甜，色如琥珀，有小奇楠的美誉，可惜我从没见过。”

“收藏这种事，得看机会。”滕一鸣随手拿起几块木料在手里摆弄，“你们说，老艾收的这些，能值多少钱?”

“这几箱碎料只能算中等偏上，但另外几箱都是好东西。”凌志远用脚尖踢踢身边一个箱子，“别的不说，这箱‘红土’如果是富森产的，得值几百万元。”

越南富森的“红土”是沉香树结香后，香体落入红土内形成的。在慢慢熟化的过程中，香体变为偏红褐色，所以叫“红土”。富森的“红土”是最近一些年才出现的新品种，因为香味独特，能将熟香醇厚的甜香味道发挥到极致，同时又有凉而不涩的尾香，很快便备受追捧成为上品沉香，价格被抬得高到几乎离谱。和大多数土沉香一样，富森的“红土”，质地松脆多孔，大块的料子非常少见，也几乎见不到能沉水的料子。

“这样七七八八地加起来……”滕一鸣掰手指，“这些东西得有上千万元了。”

“嗯，这是保守的估计。”凌志远点头，“实际上只会多不会少。”

“这么值钱的货物为什么放在没人住的房子里？”雷涛起疑，“租一个有安保设施的仓库花不了几个钱。”

“门没锁……”凌志远跟着他皱眉，“说不定老艾找人在这里看着这批货。也许就是给我发邮件的人。”他去卧室、厨房和卫生间转了一圈：“奇怪，屋里没人，是临时有事出去了吗？”

雷涛没好意思说门是被自己捅开的。滕一鸣冲他挑挑眉毛，好像在说，你自己惹出来的麻烦赶紧自己圆场，别让凌志远胡思乱想了。雷涛心中暗暗叫苦，他想不通发邮件的人是出于什么目的，为什么没有现身，不知道该说些什么能打消凌志远的误解。

正在他苦思无果的时候，大门被推开了，两个穿着橄榄色棉服的人走了进来。走在前面的四十岁上下的样子，戴着一顶黑色绒帽，脸色发黄，右侧眉毛上有一条明显的疤痕，一对大眼睛看着雷涛等人，他的面相就给人一种非奸即盗的感觉。跟他一起进来的是个毛头小子，怎么看也就十六七岁，下巴上一片没刮干净的绒毛软趴趴地贴在脖子上，敞开的衣襟里露出一块假到让人忍无可忍的“玉石”挂坠。两个人堵在门口，抬着下巴，眼神里流露出鄙视和烦躁。

“你们……”凌志远察觉到了来者不善，但本着冤家宜解不宜结的态度，还是迎上一步客气地打招呼，“请问是你给我发的邮件吗?”

中年人白了他一眼，没吭声，直接走到沙发边看着脚下的箱子。

“对不起……”

“少废话!”中年人一张嘴就很不客气，“这里没你们什么事，滚!”

“我说，这什么态度啊。”滕一鸣怒道，“是不是你发的邮件?”

“什么邮件不邮件的。”中年人不耐烦地伸手推他，骂了一句问候对方祖先的脏话。

“有话好好说。”雷涛挡开中年人的手。

“耳朵聋了吗? 叫你们赶紧滚! 问那么多干什么!”

“这是我朋友的家。”凌志远的脾气上来了，“你们是什么人? 想要干什么?”

“别敬酒不吃吃罚酒!”小毛头尖着嗓子叫嚣，“让你们走是给你们脸，再给脸不要脸就要你们好看!”

“你们再这样我就报警了。”凌志远虚张声势地掏出手机。中年人上前照着他的脸就是一拳。凌志远被打得鼻血横流，扑通一声倒在地上，手机滑到墙角，屏幕摔出了几道裂纹。

“你干什么!”滕一鸣怒从心中起，上前一步想抓住中年人的衣领，却被小毛头一脚踢在腹部，跌坐在地上。这时，中年人抓住挣扎着想起身的凌志远的头，狠狠向墙上撞了过去。雷涛一个箭步上前，从身后勒住他的脖子。

中年人松开凌志远，挣开雷涛的双臂，转身给了他胸口两拳。雷涛觉得胸闷气短，两腿一软跪在了地上。翻身爬起来的滕一鸣本想去拉倒在墙边的凌志远，看雷涛被打，大喝一声抓起沙发旁的一根晾衣竿意欲帮忙，却被小毛头劈手抢走武器砸向他的脑袋。

滕一鸣吓得抱头闪向一旁，勉强躲过一击但腰上立刻又挨了一脚，整个人趴在了地板上。凌志远捂着头上流血的伤口伏在一旁，不要说反击，连反抗的力气都没有了，后背硬生生地又挨了小毛头几棍子。

这下可糟了，雷涛被中年人按在地上，奋力抵挡砸向自己的拳脚。陷阱……这原来是个陷阱吗？脑海里闪过的念头让他不寒而栗。

“住手！警察！不许动！”一个浑厚的声音在斗室里激起一片回声。雷涛顿时有了桑拿天时听到雷声隆隆的激动。得救了！

中年人迅速把雷涛拉起来挡在身前，从腰间拔出一柄寒光闪闪的军刀贴在他的脖子上。“别过来！不然老子宰了他！”小毛头放过滕一鸣和凌志远，几步贴到大哥的身边，高举晾衣竿，紧张兮兮地看着被警察堵住的门口。

一个三十出头，身材高大的青年站在客厅中间。他肤色微黑，俊朗的脸上带着一丝微笑。身后是七八个荷枪实弹的警员。

“秦队……救命……”雷涛被勒得要断气了。

“两位，这是何苦。”秦思伟上前两步，语气异常平和，“放了他吧，我让你们离开。”

“你……你……别过来！”中年人毛躁地喊道，“往后退！”

秦思伟却不紧不慢地上前两步。

“我叫你后退！”中年人的牙齿在打架，“你听不懂人话吗！”

“可是人质还在你的手里。”秦思伟摇头，又向前走了两步，“我不放心他的安全。要么这样好不好，我来换他。你抓个警察做人质，总比抓个无名小辈强。我可是刑侦支队的支队长哦。你抓了我在手里，我这些下属肯定不会为难你。怎么样，考虑考虑吧。”

“别想要……花招……”中年人一手勒住雷涛的脖子，一手狂乱地挥舞着手里的刀子，“我……我……警告你！再不后退，老子就真的杀了……”

话音未落，他持刀的手已经被死死抓住。秦思伟伸出另一只手擒住想挺身帮忙的小毛头，双手用力一拧，两件武器便在惨叫声中掉在地上。他将两人往中间一拽，狠狠撞在一起，松手左右两拳，两个歹徒倒在地上被早已按捺不住的警员们扑上来按住，铐上了手铐。

“就这点本事还学人家劫持人质。”秦思伟冷笑一声拉起雷涛，“你没事吧？”

“你们怎么才来……”

“我已经尽快带人赶过来了。”

几个月前，雷涛为了寻找哥哥雷凡枉死的线索，莫名被卷入离奇命案。秦思伟介入调查时，就对雷涛一根筋地私自行动颇有微词。鉴于自己的身份，雷涛不愿意和秦思伟来往太多，他也知道人家不怎么待见自己。

“你在短信里说得语焉不详，什么叫这里可能有犯罪事件？”秦思伟看着被控制住的两个歹徒，“是指他们吗？”

“我也不知道这两个人是怎么回事。”雷涛挠头，“我们进门不久他们突然闯进来。这事吧……有点复杂，三言两语说不清。”

“那你就试着提炼一下。唉，等一下。”秦思伟叫住押着两个歹徒的警员，上前几步，掀开小毛头的衣领，用手机拍下他脖子上的文身。“你们几个，把他们带回局里羁押，叫辆救护车送滕一鸣和凌志远去医院处理伤口，再做个全面检查。”

“说说今天发生的事吧。”秦思伟严肃地说道。

“这事得从昨天晚上说起。”雷涛一五一十地对他讲了昨天的聚会，艾思源的病情和凌志远收到的邮件。他没有隐瞒自己和滕一鸣夜入艾家打开了保险柜的勾当，也说出了自己心中一直以来的各种疑问。

“疑点确实很多。”秦思伟看着搏斗中被踢打得七零八落的箱子和撒了一地的沉香木料，“第一，艾思源的病是不是意外；第二，他将奇楠交给了什么人，目的是什么；第三，给凌志远发邮件的是什么人；第四，这里的沉香木料是什么来路；还有，发邮件的人提供这里的地址是什么目的。”

“我认为这是一个陷阱。”雷涛说，“把我们……至少是要把凌志远引过来，然后派来两个打手对他下手。你刚才好像很在意那小子身上的文身。”

“今天一早，我们分局收到了一份协查通报。”秦思伟解释，“前几天有一起交通肇事逃逸的案件，死者身份至今不明。我看了通报，死者的脖子上有一个文身。刚才和那小子缠斗时，我看到他脖子上居然有同样的文身。不知道这是不是巧合，还是说，那个被货车撞死的死者和这两个打手有关系。但不管怎么样，我认为他们和给凌志远发邮件的人并没有关系。”

“为什么?”雷涛不明白。

“如果有人要对凌志远下手，最好的办法是在他上下班的路上伏击，或者跟踪他到他家，对他下手。完全没必要将他引到这个地方来。”

“也许……对方是怕日后追查到自己，希望制造一个假象，让你们警方认为凌志远被袭击和艾思源有关系。”

“好，假定是这样。对方的目的是引凌志远过来，那他就没必要发送一个暗号给他，直接发送地址就可以了。用一个暗号，他很难确定凌志远能不能成功破解。即使发信人相信凌志远一定能看懂暗示，也不知道他需要多长时间破解暗示，换句话说，对方很难知道凌志远什么时候能过来，该什么时候派打手出场。”

“也许那两个人是跟着我们过来的。”

“那么他们没理由等上二十分钟再动手。”秦思伟继续反驳，“你们上楼进门，他们冲进来办事就行了。而且根据你刚才的描述，这两个人并没有一进门就动手，而是要求你们离开——虽然态度很粗暴。是凌志远报警的威胁激怒了他们，事情才开始恶化。这完全不符合‘两个被派来收拾凌志远的打手’的设定。”

“这……”

“还有，如果说发信人要暗算凌志远，他无法保证凌志远不带帮手、不报警。所以，我认为那两个打手不是发信人派来的，而是另有来头。当然，发信人的目的应该就是将凌志远引来这里，但不是想对他不利。”

“那他是想干什么呢?”

“发信人用了艾思源的信箱，是想告诉你们他的提示和艾思源有关。我想他想让你们看到的，就是这里的这十几箱子的沉香木料。也许这些木料中隐藏着什么不为人知的秘密。但有一个疑问，他为什么要用暗号?”

“这个问题我一直没想明白。”雷涛揉揉身上的伤处，“在进门之前我都不确定我们对暗号的理解是对的。直到看到那些木料。”

“这个问题先放一放吧。”秦思伟说，“既然发信人用了艾思源的邮箱，总能找到他的痕迹。等找到这个人，很多事就能问清楚了。你能确定艾思源锁在保险柜里的木料就是从这里拿回去的?”

“八九不离十。”雷涛不敢把话说得太满，“除此之外，还有一个加密的U盘。如果说发信人就是想让我们找到这些木料，是不是意味着这些木料有问题，比如来路不正?”

“木料肯定有问题。”秦思伟说，“艾思源把它们锁在保险柜里，如果不是因为它们很值钱，那就可能是另一种情况——他不希望别人看到这些木料，为了确保万一，把它们锁在只有自己知道密码的地方。”

“他为什么不想让别人看到?”雷涛大惑不解，“不想让别人看到，租个仓库就行了，单独拿了一些回家还不想让人看到，说不通啊。”

“只能说，他是想拿给特定的人看。”秦思伟说，“但是不想声张。问题在于，特定的人是什么人。凌志远认为这些木料很值钱?”

“他说至少能值一千万元。”雷涛说，“不过艾思源拿回家的都是一些小块的普通料子，大块的，值钱的那些，比如芽庄的虫漏、富森的‘红土’，他都没有动。如果说是拿给别人看，比如说要出手吧，总得拿几件硬货。他却反其道而行之，不知道是要干什么。”

“也许是刚开始谈生意，很多细节没谈妥，他比较保守，不愿意透露自己手里有大量值钱的货物，以免被盯上。”

“有可能。”雷涛点头，“这么说来，和他交易的人至少令他很不放心。你说……会不会就是那个拿走印度奇楠的人?”

“我也在想这个问题。”秦思伟摸摸下巴，“但线索太少无法确定。不过可以肯定，至少有几股势力都在行动，共同造成了我们看到的结果。首先是艾思源，先不说他突发心脏病是不是意外，这批沉香肯定有些名堂；其次是发邮件的人，这个人可能知道些什么内幕又不愿意或者不敢露面，所以采取了迂回战术；再次就是拿走奇楠的神秘人物，目前为止我们对他同样一无所知。”

“还有那两个歹徒。”雷涛想起刚才的一幕心有余悸，“他们对艾思源的沉香木料好像很有兴趣。但那两个人怎么看都不是搞收藏的人，应该只是被人雇用。雇他们的人如果不是发信人，会是神秘访客吗？还有，你说他们和一场车祸的死者有关系，那车祸又是……”

“线头太多，证据太少，咱们得慢慢来。”秦思伟说，“那两个打手可能会成为一个突破口。只要撬开他们的嘴，就能了解到他们的后台，然后便可以顺藤摸瓜。发信人有邮箱的线索，也不难打开缺口。艾思源还活着，医生已经确信他没有性命之虞，等他醒过来，我们就能知道这批沉香的来历以及神秘人的身份。填上这些孔隙，事情的全貌就可以彻底地厘清。”

“会有那么顺利吗？”雷涛很想迎合他的乐观，心里却在打鼓。

“破案讲究抽丝剥茧。”秦思伟说，“我们如今已经抓住了几个线头，理顺他们之间的关系只是时间问题。其实我现在比较感兴趣的是那两个打手出现的时机。他们不是跟着你们过来的，但时间上没有差太多。”

“什么意思？”

“是谁告诉了他们这个地址？”

“当然是他们的幕后老板。”

“世上很难有这么巧的事，你们找到了地址，很快他们的老板就派人过来了。”

“或许他们的老板截获了发给凌志远的邮件。”

“然后在和你们差不多的时间内破解了暗号。”秦思伟提示他，“你们在分析邮件暗号的时候，还有另一个人在场。伊彦华，那个开精品店的收藏家，对吧？”

“你不会怀疑伊彦华吧。”雷涛觉得这个想法太不可思议，“他是知道这里的地址，但不可能是他啊。伊彦华和凌志远、艾思源都是很要好的朋友。”

“但是所有的事都有他的份，不是吗?”秦思伟提醒他，“不见了的奇楠是他的收藏；昨晚艾思源发病后他回过现场；今天你给他看了艾思源的存货；他知道你们要来这个地方。”

“这……他……不可能啊。”雷涛还是不信。

“我们去找他问问总不会有什么损失。”秦思伟叫来两个警员，安排他们把现场所有的沉香木料都带回公安分局，作为证物封存。

6.突然袭击

两人一起离开了301室，走出楼门，外面已经围了不少看热闹的人群，其中有人举着手机一边拍照一边七嘴八舌地讨论。有个三十来岁的小伙子绘声绘色地说六层死了个人，是个没穿衣服的陌生女人，死得很惨，还是邻居闻到臭味报的警。旁边的一位大爷厉声呵斥他造谣，明明是警察接到群众举报抓住了一个藏匿在小区里的连环杀人犯。

“你们每次出现场都能遇到这些情况吗?”雷涛问秦思伟。

“你说呢?”秦思伟无奈地一笑，拉开车门示意他上车。

雷涛惊讶于车里的干净整洁。他一直认为警察的车里肯定是到处可见随手扔掉的杂物，吃剩的盒饭、喝了一半的饮料，烟头和烟灰肯定是不能少的。秦思伟的车用一尘不染来形容毫不夸张，玻璃、座椅、扶手、置物格、空调内缝都干干净净，除了后座上方拉了一条绳子挂了一套警服和一套西服以备不时之需之外，车厢里没有任何多余的装饰物。车里有一种香味，很淡，闻起来有熟悉的感觉。

秦思伟发动车子，香味断断续续地从电子点烟器的位置飘出来，先是湿润的花草味道，随后能嗅出清凉的奶油的气息。雷涛想起来了，这是滕一鸣前不久托骆曼怡买的一些印尼达拉干出产的香薰料，放在电子熏香器里可以替代车内的空气清新剂。

达拉干是印尼达拉干岛上的港口城市。达拉干岛在加里曼丹岛的东北部，地域狭小却出产上等沉香。古时候，人们把从达拉干港口出口的沉香统称为“达拉干”。随着这里出产沉香的品质被市场认可，并且成为一种独特香韵的代表，这个名字便被用来专门指带有“达拉干”香韵的沉香。

达拉干香熏料质地柔软，味道带有丰富的层次，蜜香宜人，凉气十足又带着温和的奶香。滕一鸣用后非常喜欢，所以他们又多买了一批送给周围开车的朋友。但雷涛不记得他送过秦思伟香熏料，那就是……嗨，反正东西送给人家了，人家要怎么处置别人也没理由说三道四。雷涛调整了一下坐姿，赶走心中的一丝郁结，暗暗嘲讽自己的自作多情。

“说说伊彦华吧。他是个怎么样的人？”

“他人不错，生意还算顺利，但最近好像急缺资金。”雷涛讲起自己对伊彦华拍卖奇楠的疑惑。

“他不想让别人知道他缺钱的真正原因。”秦思伟说，“于是拿开店做挡箭牌。”

“即使他缺钱，也不必卖那块奇楠。”雷涛强调，“我不知道伊老师在打什么主意，但奇楠下落不明，除了病倒的艾思源，他是最大的受害人。”

“那块奇楠能值多少钱?”

“说不清，现在收藏级别的沉香原料的价格超过每千克一百万元，顶级奇楠原料据说有叫价每千克一千万元的。印度奇楠太少见——如果伊彦华的奇楠确实是印度奇楠——找不到合适的参考，所以很难估计它最终在拍卖会上表现如何。”

“所以会有人为了得到它不惜犯罪。”

“完全有可能。所以我才会怀疑艾思源为何会病倒。”雷涛想起一直装在背包里的烟头，“也许你可以安排人手做个化验。”

“这不合程序。”秦思伟接过纸包，“我带回去，看看怎么处理。”

车驶进城区，道路开始拥堵起来。不远处的交通指示牌上横竖的几条道路指示线几乎都变成了黄色，其中还夹着几段夸张刺目的红色。秦思伟试着抄小路找一条畅通的捷径，但似乎全市的大小车辆都商量好了在这个时间上街晒晒太阳，活动活动筋骨，不管是主干道还是小胡同都堵得水泄不通。他们好容易突出重围，来到迎春路时，已经过了下午一点。

惟馨堂的前厅，两个服务员正围着一位身材富态、衣着昂贵的客人介绍一串由一百零八颗珠子穿成的佛珠。

“这是文莱老料子车出来的，味道很清新，蛇皮纹的油线大气上档次，每一颗保证都能沉水。”店员捧起佛珠让客人品鉴香韵，“这一串佛珠专门选了绿松石做配珠，也可以根据您的喜好换上蜜蜡、南红、青金石或者珊瑚。”

客人摩挲了几下佛珠，流露出喜爱的神色，但觉得六十几万元的价格难以接受，转身去看另一个柜台里的手串和小挂件。雷涛借机上前和店员们打招呼，询问老板是否还在店里。

“老板刚出去吃饭，现在已经回来了。”店员知道他是伊彦华的朋友，态度格外亲切，“您去办公室找他吧。”

雷涛谢过她，带着秦思伟绕过柜台，来到办公区。伊彦华办公室的门关着。雷涛敲了几下门，没人回应。

“伊老师，你在吗?”雷涛推开门。茶几上的茶壶和茶杯还在，却不见伊彦华的影子。卫生间和更衣室里也没有人。大概是去库房了，雷涛想，从这里出去只有两条路，一条是走刚才的小门穿过前厅，那样一定会被店员看到。另一条路就是走库房的后门，那里连着后巷。出后巷右拐，走过一段小胡同就能绕回到车水马龙的迎春路上。

“伊老师你在……”雷涛拉开库房的弹簧门，吓得差点松开手让门拍到自己的脸上。

库房有十四五平方米，靠墙放着的木架上摆着一个个大小不等的木箱，还有一些包裹着油纸的大块沉香木料。伊彦华脸朝下趴在地上，脑袋后面的伤口在昏暗的灯光下清晰可见。他身边倒着一个铝合金伸缩梯子，散落着不少木料，还有一只木箱扣在地上。

“他还活着。”秦思伟蹲下探了一下伊彦华的颈部。他拿出手机发现没有信号，只得退回到楼道里去打电话叫救护车和警察过来。

雷涛走到连通后巷的后门边，拧了一下门把手发现铁门没有上锁。他拉开门，一根碗口粗的木棒带着呼呼的风声和严冬的寒意迎面砸了下来。雷涛大叫一声，抱着脑袋倒在地上。这下死定了！房间如此狭小，他根本没有躲闪的空间。完了！完了！完了……木棒在距离他头顶不到一厘米的地方停住了。

“雷涛？搞什么鬼！”欸？这低沉柔和的声音……雷涛松开双手睁开眼，看见黎希颖站在门口，她把木棒扔到一边，皱眉盯着自己。

她三十岁上下的年纪，长发及腰，高挑的身材包裹在雪白的羊绒大衣里，白皙的脸色和衣服竟然看不出多少分别。

“我搞鬼？”雷涛跳起来，没好气地大喊，“你搞什么鬼！差点打死我！”

嘴上喊得凶，雷涛心里却突然觉得踏实多了。当年是她干脆利落地从日本黑帮手下救了他一命。于是，雷涛对黎希颖有一种很纠结的心态。出了什么棘手的事，他第一时间会想要不要找她帮忙，但一转念又怕她会烦自己，更怕引起人家未婚夫的误会。

“怎么回事？”秦思伟端着枪冲进来，看到眼前的一幕松了一口气。

听到异动赶过来探查究竟的店员看见老板奄奄一息的样子忍不住惊叫连连。雷涛好说歹说，又是安慰又是吓唬，才把痛哭流涕的两个姑娘从现场请了出去。

“你不是接机去了吗，怎么到这里来了？”秦思伟收起枪，问未婚妻。

“半个小时前我回到咖啡馆，发现他给我留了一个U盘。”黎希颖瞥一眼雷涛，“U盘是加密的，我不知道他什么意思，就打电话询问，结果他和滕一鸣的手机都无法接通。”

“我的手机……嗨！”雷涛从裤兜里拿出手机才发现在和歹徒的英勇搏斗中它光荣地被砸坏了。

“联系不上他们，我不知道是不是出了什么事。”黎希颖说，“还好领班说听雷涛提到要来迎春路的惟馨堂找什么人。所以我就过来找他。”她走到伊彦华身边：“我先去了前面。店铺里只有那两个店员，一见面就不容分说，热情如火地给我推荐一串十八万八千八百元的手串，说它和我的肤色、气质很配。我不想买东西，但很肯定她们不是雷涛要找的人，所以就退出来到后面看看。”

“后门是你打开的吗？”雷涛忙问。

“不是，我绕了一大圈从后巷过来，发现后门没有上锁，一进来就看见这个人倒在地上。”黎希颖说，“我发现他还活着，这里没手机信号，所以退出去到巷子里想打电话报警。刚拿出手机，我就听到里面有动静——有人开门要出来。我以为是凶手要逃跑，就顺手从门边抄了根棍子防身。”

“防身？你差点送我上了西天。”雷涛愤愤不平，“你不能看清楚再下狠手吗？以你的身手，一两个歹徒根本不用担心吧。再说，防身而已，不要朝人家脑袋上招呼啊，那人家不被打死也得被打傻了。”

“不好意思，我只是条件反射，没时间细想。”黎希颖语气诚恳，但看她脸上的一抹微笑总觉得她不像是道歉而是在幸灾乐祸，“你们怎么会在这里？伤者是什么人？哦，我们得赶紧叫救护车。”

“救护车马上就到。”秦思伟简单地给她解释了事情经过。

“我们要不要把他先抬到办公室去？”雷涛看到伊彦华满头鲜血地趴在地上，心里很不是滋味。

“最好不要动他，等医生过来再说。”秦思伟说，“不知道伊彦华身上是否还有其他伤处。万一他的肋骨或者其他骨头断了，我们贸然动他，碎骨头很可能会刺破器官造成致命伤。”

“好吧。”雷涛无奈叹息。

“你们怀疑这人有问题，他却倒在了库房里。”黎希颖俯身靠近伊彦华，“从伤口的形状看，是个带棱角的凶器。”

“凶手会不会和袭击我们的人是一伙的？”雷涛百思不解。

“看这里。”秦思伟注意到背后的一个铁架上沾着血迹，凑近看，可以看到血迹上粘着几缕灰白色的头发。“带棱角的凶器，也可能是铁架的隔板。”他敲了敲铁板的边缘，“伊彦华的头撞在这个位置，造成了脑后的伤口。”

“他进库房来是取东西的。”雷涛绕到梯子旁边，“伊彦华放好了梯子，拿下了一箱沉香料子。这时候凶手从后门进来。他们发生了争执，伊彦华手里的箱子被打翻在地。凶手推倒伊彦华，他的头撞在铁架上，昏了过去。凶手从后门逃到巷子里，离开现场。”

“这凶手的时间拿捏得也太准了。”秦思伟的语气明显是怀疑这个推论。

救护车比警察早到了一分钟。雷涛帮医护人员将伊彦华移到担架上，看着扣上氧气面罩、挂上输液袋的他被推进箱型车。十几个小时之内，两次经历这样的场景，雷涛心里沉甸甸地挤满问号。

店员们抹着眼泪，向民警述说自己知道的经过。库房里，两个穿着白大褂和鞋套，头上戴着蓝色塑料头套的技术人员在采集证据。

“伊彦华有多高？”黎希颖问雷涛，“我看他有一米六……最多一米六五。”

“应该没到一米六五，他个子挺矮的，怎么了？”

“血迹离地的位置超过我的身高。”黎希颖绕开一个采指纹的技术人员，走到铁架旁，伸手比画了一下，“嗯，大概一米七五上下，伊彦华站在地上和凶手扭打，摔倒，头部不可能碰到那么高的位置。如果血迹和头发都是他的，他应该是站在高处倒下来，脑袋磕到了铁架上。”

“所以他被凶手袭击的时候站在梯子上。”雷涛修正自己的推断，“凶手撞倒梯子，他摔下来磕破头，手里的箱子打翻在地。凶手认为大功告成，转身离开现场。”

“但伊彦华还活着。”在库房里指挥取证的秦思伟说，“凶手如果是来杀人的，至少要确定目标死亡再离开。他有足够的时间和机会，却留下了活口，这说不通。”

“问题出在这里。”黎希颖戴上皮手套，拿起梯子活动了一下支架，“铰链松了。这种梯子本来带着自锁装置，人踩上去铰链就会卡死，确保安全。但这梯子的铰链坏了，伊彦华踩上去后，梯子翻倒，他的头才会磕在铁架上。”

“不是吧……”雷涛愕然，“你想告诉我这是一场意外？”

“我是说，他是自己从梯子上掉下来的。”黎希颖起身，“但是意外还是人为就很难下论断了。得检查一下梯子的铰链，看看有没有人工破坏的痕迹。”

“嗯，锁眼附近有一些新的痕迹，像是开锁工具不慎划出来的。”秦思伟检查库房后门通往后巷的门锁，“如果说凶手潜入库房破坏了梯子，希望造成伊彦华意外死亡的假象，那么有几个问题需要解释。其一，这梯子的高度并不算高，凶手无法保证伊彦华跌下来一定会死亡；其二，他无法保证伊彦华在什么时间用梯子；还有，动机，凶手对他下手的动机是什么？”

“我们在柳林路遇到的两个打手没有想要我们的命。”雷涛分析，“算计伊老师的人和他们有可能是一伙的，这些人不想杀人，只是想给我们一些教训，让我们受伤。目的嘛……凶手大概是不想让我们再继续追查神秘邮件的事。”

“但是把警察引来会得不偿失。”

“凶手没想到警察会介入。”雷涛说，“他不会料到我暗地里联系警察，也不会想到我们能识破伊老师的受伤不是意外。我想他是发现了发信人和凌志远之间的联络，盯着凌志远看到他来这里找人商量。于是凶手一方面派了两个混混去围堵我们，一方面趁人不备捅开后门进来破坏了梯子。中午的时候伊老师会到附近的饭馆吃饭——他在那里包了午餐。店员要在前面看店，轮流出去吃饭，所以后面这里有很长一段时间根本没人，给了凶手下手的时间。”

“要这么说，凶手是你们的熟人。”黎希颖说，“对你们的行动和习惯了如指掌。”

“肯定是熟人。”雷涛点头，“你们想，伊老师为什么吃饭回来就到库房搬东西，而且恰好用到梯子呢？这肯定不是巧合，是凶手的伎俩。”他用指节敲了敲架子上的木箱：“你们看，这上面都有编号，有产地、品种的简写。凶手不仅熟悉伊老师的生活习惯，还清楚库房里的货物。”

“你认为是凶手将伊彦华要搬运的这箱木料放到高处，破坏了梯子，再引诱他去取货。”

“凶手布置好现场，然后联络正在吃饭的伊老师，告诉他自己着急想用某箱货物，一会儿过来取，请伊老师务必准备好。伊老师一般是不让店员进库房的，所以他赶紧吃过饭往回赶，中了凶手的奸计。这个人一定和伊老师有生意往来，你们可以查查他的账目，说不定能揪出凶手。”

“别急，大侦探。”黎希颖微笑，“你的推断挺有道理，但我们不能忽略其他的可能性。”

“其他的……什么可能性？”

“没有足够的证据，我就不发表意见了。”她总是会用欲言又止的态度让所有人抓狂，“我一早起来到现在只吃了一片面包，不如我们先去吃点东西，然后去医院看看几个伤员。”

听她这么一说，雷涛才意识到空得太久的胃里好像有一只爪子在四处乱抓以抗议他的不闻不问。其实在来惟馨堂的路上他就饿了，只是当时身上的伤处疼得厉害，让他没心思想别的。看到伊彦华重伤，他心里被惊讶、疑惑和担忧塞得满满的，自然没精力顾及肠胃的感受。

“还有，你是不是得想办法通知伊彦华的家里人？”黎希颖问他。

“我只知道他和老婆已经分居小半年。”雷涛说，“两个人正在打算离婚，现在正为分财产的事情闹得不太愉快。他老婆的联系方式……不清楚凌志远和骆曼怡会不会知道，一会儿去问问好了。”

“伊彦华的手机里有他弟弟的电话。”秦思伟走过来，“他已经在赶去医院的路上。”

他伸手帮黎希颖掸掉粘在大衣前襟的一根碎头发。黎希颖温和地看着他，随手揽住他的腰，贴着他的耳朵嘀咕起来。

雷涛莫名觉得有什么刺激得眼睛微微酸痛。他转身走出惟馨堂。街上看热闹的人群已经散去了大半。两只流浪猫蹲在墙角，用不屑的眼光打量着人类的世界。不多时，勘察过现场的警察陆续撤出来，关上店门，贴上白底黑字的封条。

三个小时前，大家坐在沙发上，品着沉香的阵阵清馨的味道，喝茶聊天。三个小时后，伤的伤，倒的倒，眼看都要去医院报到。悲剧总是发生在措手不及之间，好像宁静的小船瞬间被巨浪打翻，倾覆在无边无际的汪洋之上，四顾茫茫看不到安全的岸边。雷涛裹紧大衣，挡住肆虐的冬日寒风，却赶不走心里的困顿凝成的冰冷。

7.清香诡计

大城市里什么东西有钱难买，可遇而不可求？不是钻石、翡翠、沉水香，而是大医院的专家号。走过人多到看着发怵的门诊楼大厅，雷涛打心眼里开始谅解每天早上跳广场舞的大妈们。管他好看不好看，管他别人怎么想，能锻炼出好身体就不用天天往医院跑，排一宿的队，做二十多项化验，然后听医生总结三分钟，人生赢家莫过如此。

穿过墙壁、照明和座椅都是冷色调的走廊，雷涛来到摆了三四十张躺椅的输液室。滕一鸣和凌志远头上缠着纱布，手上插着管子。经过医生诊断，他们受的都是皮外伤，处理过伤口，输几包药液就可以回家了。

闻讯赶来的骆曼怡站在躺椅旁帮滕一鸣调节输液的速度。她今天穿着月白色带粉红海棠碎花图案的交领襦裙，怀里抱着雪青色的长款羽绒服和手工皮包。她的长发在脑后挽成发髻，插了一支银簪。簪子头上镶嵌着一朵白玉雕成的兰花，微微合拢的花瓣冰清玉洁，似乎正散发出源源不断的清香。

“查到那两个坏种的身份了吗?”滕一鸣满腔报仇的怒火。

“警察还在调查。”雷涛沉重地说，“伊老师受伤了。”

“怎么会这样……”听他说完始末，骆曼怡吓得脸色苍白。

“究竟是什么人要和我们过不去?”凌志远费解地说道，“我刚才一直在想这事，前前后后，越想越乱，现在竟然连伊老师也被暗算了。”

“肯定是熟人，没跑。”滕一鸣说，“你们好好想想，伊老师和老艾最近有没有得罪过什么人。”

“完全想不出来。”凌志远晃了一下胖乎乎的脑袋，“伊老师交际广泛，但大多数人都是因为生意来往。老艾是个喜欢清净的人，平时只和小圈子里的各位交往，再有就是工作上的一些朋友。今天打我们的明显是黑道上的人。我想不出他们怎么可能和黑道有瓜葛。”

“事到如今你们别怪我说话难听。”滕一鸣说，“知人知面不知心，活到这把年纪，也见过不少披着人皮不干人事的家伙了。”见凌志远和骆曼怡面露愠色，他连忙解释：“我不是说老艾和伊老师干过什么坏事，但他们的私事，我们不可能完全了解。”

“我看我们也别瞎猜了。”雷涛连忙打圆场道，“警察已经展开调查，事情肯定会水落石出的。”

“听一鸣这么一说，我倒想起一件事。”凌志远揉了几下插着针头的手，“伊老师的老婆最近和他闹得很凶。”

“闹归闹，为了离婚而已，不至于下这样的毒手。”骆曼怡皱眉。

“我是听说，伊老师提出房子和存款都归对方，只要把店铺和自己的收藏留下就行。但他老婆不同意，一定要分走店铺和收藏的一半。”

“太狠了。”滕一鸣咂舌，“夫妻本是同林鸟，大难临头各自飞啊。”

“她只是想多分点钱。”骆曼怡把羽绒服和皮包换到左手上，“还没到为这点事杀人的地步。再说他们离婚和老艾也扯不上关系。”

“警方认为伊老师受伤和老艾囤积的那批沉香有关系。”雷涛注意到骆曼怡右边衣袖上沾着一些灰黑色，像锅底灰似的污迹。“曼怡你的衣服弄脏了。”

“啊，这个，别提了。”骆曼怡伸手掸了掸污迹，面露遗憾，“我最近办了一个初级香道的班，讲一些沉香的基本知识。今天是最后一节课，品香。一个学员手上没拿稳打翻了香炉，香灰撒得到处都是。散场之后我收拾半天，一不留神弄脏了衣袖，怎么擦都擦不掉，只能明天送去洗衣店了。”

“初学乍练，总会出些状况。”雷涛安慰她。

“是啊，我没法责怪他。”骆曼怡伸手扶了扶簪子，“有人对香道有兴趣，我高兴还来不及。”

品香，是香道仪式中一个鉴赏香的过程。闻香者分辨香料的品类，体会熏烧变化中的不同香味，之后在香笺上记下闻香心得。如果参与品香的是文人雅士，事后多半还会吟诗作赋以记录体验、感悟和乐趣。

雷涛上过几次骆曼怡主持的香道课。一开始纯粹是为了和凌志远搭上关系，后来才渐渐体会到放松身心、调和情绪的乐趣。不过骆曼怡最令他钦佩的不是能把《香乘》倒背如流的渊博和精湛的制香技艺，而是她能够不在意别人的眼光，专注做自己喜欢的事情。开不怎么赚钱的香道馆，出门一定是穿汉服，面对周围好奇或者异样的指指点点，骆曼怡总是一副习惯了的淡然态度。但是此时，最让雷涛感兴趣的还是她袖子上的灰迹。

“曼怡，你能不能帮我一个忙?”

“什么事?”骆曼怡看不懂他的兴奋。

“你跟我来。”雷涛拉着她往外跑，丢下不明真相的滕一鸣和凌志远尴尬对视。

四楼的一间病房里，伊彦华躺在床上，头上缠着绷带，一手插着输液管，一手夹着传感器。经过诊断，他的身上有几处擦伤，头后的伤口不深，卧床休养一段时间就能痊愈。

“他什么时候能醒过来?”秦思伟问值班医生。

“很快就能醒了。”医生说，“继续观察一段时间，然后做一个全面的检查，没什么问题就可以出院。”

秦思伟谢过医生，安抚了伊彦华的弟弟几句，安排一个警员留下，等伊彦华苏醒后给他录口供。

“我知道了！我知道了!”雷涛拉着骆曼怡跑上来，喘得上气不接下气。

“你知道什么了?”坐在病房外椅子上的黎希颖站起来，“雷涛你是不是也该找大夫检查一下，吃点药?”

“我没病。”雷涛不满她的揶揄，“我知道艾思源家的锁是怎么回事了。”

“你们赶到他家时，门里面扣着防盗锁。”

“我原来是这么认为，但其实不是这样的。”雷涛双手握拳，

“我们被骗了，那锁不是从里面锁上的。”

“月牙锁不可能从外面锁上，这是你说的。”

“锁当然不可能是从外面锁上。”雷涛摆手说道，“是我们都忽略了一个很重要的问题。”

“什么问题?”

“三言两语说不清。”雷涛说，“我们得回到艾思源家里去。路上我要买一个一样的月牙锁，还需要两块木板和一些工具。”

“你是要做实验吗?”秦思伟问。

“嗯，现场复原一下你们就明白了。”雷涛说，“事情和我之前想象的不一样，不，应该说差别很大。”

“你要我帮你做什么呢?”一直被他拖着的骆曼怡满心疑惑。

“到了老艾家你就明白了。”雷涛说，“抱歉曼怡，你得跟我们跑一趟。相信我，搞清楚门锁的事非常重要。”

“好吧。”骆曼怡不清楚他要做什么，勉强答应下来。

“滕一鸣和凌志远怎么样了?”黎希颖问雷涛，“我们去艾思源家，他们没人照看该怎么办?”

“他们还要半个小时才能输完液。”骆曼怡略显担心。

“不要紧，现在医院里都有常驻的警察。”秦思伟说，“一会儿我打个招呼请他们关照一下楼下的两位，帮他们叫出租车回家。”

他们乘电梯到地下三层的停车场取车。雷涛拿出手机，在电子地图上搜索附近有没有五金店。一连问了五家店铺，终于在五公里外的一家家装用品超市找到了和艾思源家同款的月牙锁。

车开到楼下，雷涛才想起一个棘手的问题——钥匙。昨晚他们离开时锁上了执手锁，现在要怎么办？当着警察和骆曼怡的面撬锁绝对会引起误会。但除此之外他想不出其他办法。他硬着头皮下车，想着一会儿该怎么圆场，一路走上四楼，手心里已经满是汗水。

“这房子不错，每层一家，清净。”黎希颖从皮包里拿出一把钥匙，打开了房门。

“欸？你怎么会有钥匙？”雷涛一惊。

“之前听你说得神乎其神，我好奇。”黎希颖走进门厅，“所以到了医院后，我向艾夫人借了钥匙，打算过来看看。”她回头笑道：“我以为你知道我有钥匙。不然你打算怎么进门？”

“我……”雷涛知道她是明知故问，但骆曼怡在身边，他没法明说，只好改变话题，把大家引进客厅。“昨晚我和滕一鸣就是在这里发现的艾思源。”

午后的阳光照进屋里，没有夏日的霸道火辣，不似春秋的灿烂明媚，虽然无法穿透严冬时节的森森寒意，却别有一番温情脉脉，像一双柔软的手，抚慰着烦躁的世界。

客厅里仍然是他离开前的样子，低调华丽的装潢和家具，繁简适度的饰物和摆设，从材质到颜色再到寓意和搭配，每一个细枝末节都流露出主人的心思和情调，只有一地的凌乱的脚印看着窝心。

闷了一夜加上一个白天，屋里的精油香气依然明显，离得很远便可以闻到一股带着草药味道的花香。走近沙发时，甜蜜中带着清凉的气味便冲入鼻孔，有一种上冲百会、下贯涌泉的气势，这种味道因为浓度偏高显得咄咄逼人。

“好浓的香味。”秦思伟将一根手指横在鼻子前面，挡住香气的攻势，“这是什么味道?”

“有人打翻了一瓶沉香精油。”雷涛拿出他找到的碎片，交给骆曼怡。

“嗯，这是由莞香提炼的精油。”骆曼怡捧着碎片，用手掌扇了几下，“莞香就是人们常说的‘女儿香’。这种沉香主要出产在广东的东莞和惠州一带，味道特别清甜，如果用来熏烧，会有明显的果仁香味和凉、麻的感觉。”

“为什么叫‘女儿香’?”黎希颖问她。

“根据史书记载，沉香在唐代传入广东，到了宋代开始普遍种植。”骆曼怡将碎片还给雷涛，“当时的香料集散地在东莞，所以才有了‘莞香’的名字。据说古时莞香的洗晒由姑娘们负责。姑娘们时常偷偷地将上好的香块藏于胸中，带出去换取脂粉，人们把这样的香料叫作‘女儿香’。因为‘女儿香’多为香中极品，所以经年累月，它就成了上等沉香的代名词。”

雷涛的目光不由自主地落在骆曼怡胸前挂着的金丝盒子上。古时的姑娘们大约也挂着这样的香囊，任香料的含蓄气息随着举手投足浸染了衣襟，所谓衣香鬓影的美妙，现如今只能存在于幻想中，或者像骆曼怡这样……唉，这样盯着人家身上看太过分了……雷涛意识到自己的失态，赶紧把目光移开，却和黎希颖的眼神撞个正着。

站在窗边的她和骆曼怡仿佛是两个世界里的人。黎希颖的白色大衣里是一件橘粉色的V字领羊绒连衣裙和浅棕色的高筒靴，连衣裙敞开的领口露出白皙的皮肤和一颗坠在玫瑰金链子上的、比鸽蛋略大的桃红色碧玺。柔和的阳光洒在她身上，反射出的却是冷静的光晕。

和骆曼怡秀丽婉约的小家碧玉不同，黎希颖身上的气质是大气和干练，优雅中带着犀利，令人一见难忘。此刻，她正似笑非笑地看着雷涛，好像在说你胡思乱想也该挑个时候。自知被看透的雷涛脸上更烫了，还好骆曼怡没有注意到他的失态，仍然沉浸在“布道”的快乐中。

“明清两代，莞香是专供皇帝使用的贡香。进贡用的莞香全都是优质的‘女儿香’。皇宫里除了用它祭祀，还以熏烧莞香的方式驱虫。不过现如今野生的莞香已经濒临绝迹，虽然人工种植还在发展，但是莞香的品质大不如前，很难找到整块的料子，市面上最常见的是沉香茶片或者提炼出的精油。”

“曼怡，据我所知老艾在购买沉香时很注重品质。”雷涛定了定神，“他的线香、香片之类的熏烧用料都是托你购买的。那你帮他买过莞香精油吗？”

“我没帮他买过精油。”骆曼怡说，“我不记得老艾用过精油。我曾经想过给他推荐，但考虑到他的身体一直犹豫。不同的人用过精油的反应不太一样，有的说明显对缓解身体不适有帮助，也有的说会加重不舒服的感觉。”

“我也记得老艾提到没有使用过精油。”雷涛说，“所以我认为这瓶精油是昨夜的神秘访客带来的。精油被打碎后，他捡走了碎玻璃，只是百密一疏，没有注意到罗汉榻下面的角落里还有一片。”

“访客这么做没有道理。”骆曼怡不信，“如果说他不想让别人知道有人来过，这么做毫无意义。伊老师交给老艾的奇楠不见了，任何人都会想到有人来找过他。”

“访客是不希望我们知道他是谁。”雷涛说，“精油是他带来的，瓶子上肯定会沾上他的指纹。”

“那也不对啊。”骆曼怡摇头，“他是谁，问老艾就知道了。”

“因为访客没想到我和滕一鸣会回来。”雷涛说，“他认为老艾不会得救，所以才会有这样的举动。”

“你……不会吧。”骆曼怡吓得脸色发白，“老艾发病时访客已经离开了。老艾从里面锁上了门可以证实这一点。”

“我之前的确这么认为。”雷涛拿出自己买来的月牙锁，“后来我想明白了锁中的秘密，才发现我们看到的不过是一个障眼法。访客希望我们认为他在老艾发病前已经离开，事实却并非如此。”

“终于说到重点了。”一直站在窗边的秦思伟已经快沉不住气了，“访客在月牙锁上到底做了什么手脚？”

“大家可以先看看茶几这里。”雷涛走到罗汉榻旁，“我一直觉得有什么地方不对劲，但是想了很久都想不出来，直到刚才，我才意识到自己有多笨。”他打开艾思源盛放线香的木桶，拿出一支香架在烟灰缸边上：“我们发现他的时候，他在焚香，这里放着抽了一半的香烟。”

“打火机。”黎希颖说，“点烟、点香都需要打火机。艾思源不太可能跑到其他房间拿了打火机，用完再马上放回去。所以打火机和精油瓶子一样被访客拿走了。我想理由肯定不是那上面也有他的指纹。”

“当然不是。”雷涛说，“访客需要用打火机做道具，用完之后他没顾上把它放回原处，而是顺手把它放在了自己的口袋里。”

“为什么……”骆曼怡睁大漂亮的眼睛，“这说不通啊。”

“你们看这个月牙锁。”雷涛拿起锁具，拨了一下，月牙的手柄从卡槽里弹出来，被弹簧装置带着转了九十度。“这个锁的好处就是有弹簧，轻轻一拨就能自己扣进搭扣里。但是问题也就出在弹簧上。”

他从桌上的另一个木盒里拿出了一片沉香粉和黏合剂压出的香饼。这些香饼有一元硬币的大小，薄厚均匀，上面压着精致的太极纹。“这是老艾自己压制的。”骆曼怡接过香饼，“我记得他当时为黏合剂的材质和用量苦恼了很久，找我商量过几次。传统制香最常用的黏合剂是榆树皮和白及。我推荐他使用榆树皮和蜂蜜，因为榆树皮的黏性好，气味温和，不会破坏香本身的味道。”

“你知道这样的香饼能燃烧多久吗？”

“如果直接点燃，大约一个小时吧。”骆曼怡说，“香的燃烧时间要看香粉和黏合剂的比例、压制的密实程度，总之不可能有精确的时间，但是可以估计一个大概。”

“所以这样大小的一块香饼，大约可以燃烧五六分钟。”雷涛从香饼上掰了一小块下来。

“差不多。”骆曼怡点头。

“这就是访客做的手脚。”雷涛将月牙锁往回扳了四分之一，将小小的香饼用力塞进合金月牙和锁盘之间的缝隙里。他松开手，月牙滑动了很小一个角度，随即被卡住不动了。

“有意思。”黎希颖建议点燃香饼试一下。雷涛掏遍全身的口袋，懊恼地想起买锁时忘了顺手在路边买个打火机。他只得去厨房翻抽屉，找到了一盒应急用的火柴。

香饼点燃后没有明显的火焰，只是边缘出现一闪一闪流动的红光。随着黑灰色的香灰零星地撒落，一阵清甜的香气在月牙锁周围萦绕。

“不错，这是老艾最喜欢的海南沉香。”骆曼怡盯着火光，神色有些恍惚。

海南沉香又称“琼香”或者“崖香”，自古有“香气天下第一”的美誉，虽然味道和莞香类似，但香味更加纯正迷人。

“你要是不说，我会以为这是越南的沉香。”雷涛深吸一口气，慢慢呼出。

“琼香和越南沉香的味道接近，以甜和凉为主。”骆曼怡说，“所以现在很多人将海南沉香和其他国产沉香一道归入了惠安系。但是也有不少人并不赞成这样的划分。你若仔细去品，两者之间的差别还是挺明显的。惠安系沉香，包括越南沉香的甜味比较沉闷，但海南沉香的甜味很清爽。老艾和我都更喜欢国产的沉香，反而不喜欢越南货。”

“但越南沉香价值更高，应该是收藏的首选。”

“收藏这事，不能只看价格。”骆曼怡摇头，“藏品能升值固然好，但如果自己不喜欢，那就成了投机。只有自己喜欢的才能有把玩的乐趣，不论贵贱，都是好东西。老艾一向对惠安系沉香不感冒。”

“但如果要投资呢？”

“沉香刚开始流行时，货源大部分来自日本的商人，他们比较钟爱越南沉香，所以投资市场上一度最看好越南沉香。后来越南的好香几乎被采尽，商人们又开始投资炒作印尼的沉香资源。再后来，马来沉香，菲律宾沉香，甚至几内亚产的香料都被开发以替代越南沉香。其实现在很多所谓的越南沉香只是在越南过了一道手，原料根本就是从国内采购的。如果要投资嘛，越南当然仍然是国外产区的首选，但海南沉香的投资前景也不差。”

在他们说话的时间里，卡在月牙锁缝隙里的香饼已经烧掉了一部分，月牙的阻力减少，开始松动。又过了几分钟，随着香饼变成一片黑灰色，弹簧的力量终于占了上风，带着月牙滑向锁扣的位置。咔嗒一声，又一片香灰撒落，月牙钩刚好入位。

“这样就可以让门在自己离开后从里面锁死。”秦思伟捏起一点香灰，“但是锁上沾了灰烬，很容易引起怀疑。”

“这个访客的行为可以用四个字解释——做贼心虚。”黎希颖说，“昨晚你们散场后，艾思源独自在家焚香，玩赏伊彦华带给他的奇楠。这时，一个熟人敲门来访。艾思源请客人落座，点了一支烟，少不得炫耀一下手中的奇楠。客人本着不能空手登门的传统，拿了一瓶精油给他做见面礼。只可惜乐极生悲，艾思源心脏病发作，打翻了精油，倒在地上。客人面临两个选择，叫救护车救人，或者对他置之不理，然后顺手拿走奇楠。很遗憾的是，他选择了后者。”

“如果老艾手里没有奇楠，说不定事情的结果会不同。”雷涛说，“这个人对艾思源很熟悉，知道他的家人不在，如果不能及时施救，他必死无疑。访客认为这是一个机会，艾思源一死，不会有人知道他拿走了奇楠。于是他将奇楠装进自己的包里，捡起可能沾着自己指纹的碎瓶子。”

“可是精油的气味很重。”骆曼怡说，“肯定会引起注意。”

“他没想到我和滕一鸣会折返。”雷涛说，“访客以为至少要等好几天才会有人发现艾思源的尸体，那时候精油的气味也该散得差不多了。”

“但是奇楠不见了，即便旁人没有起疑，伊老师也不会答应。”

“他想到了奇楠的问题，所以才在锁上做了手脚。”雷涛问秦思伟，“如果老艾在两三天后被发现，那么死亡时间是不是就很难判断准确？”

“这房间很热，会加速尸体腐败。尸体腐败越严重，推断出的死亡时间段就越不准确。法医可以根据室温、湿度之类进行修正，但也只能推算出一个大致的时间，比如死亡二十四小时到三十六小时之间。不过我们可以参考其他的外因再缩小这个范围。比如说如果破门时灯开着，那就说明案发时间是晚上。”

“但是中间必然有一段模糊的时间，所以没人能肯定昨晚之后老艾有没有出去过，或者有没有人来访过。唯一能确定的是月牙锁不可能从外面上锁，所以就会推断出老艾病发时是一个人在房间里。”

“不错，如果很晚发现尸体，确实会有这样的问题。”

“所以当发现奇楠不见了时，我们会推断老艾将它放在了其他地方或者送给了什么人，说不定是去安排拍卖事宜。然而实际的情况是，访客本人肯定和拍卖毫无关系，于是他这样做就可能成功转移调查的视线。我觉得，这个人应该是见财起意，因为发现老艾手里有价值不菲的奇楠，这才动了歹心。”

“有些道理。”秦思伟点头，“但还是有很多疑问无法解答。比如你在楼上卧室找到的香料碎末，和这个乘人之危拿走奇楠的访客有没有关系？如果有，这人去卧室意欲何为？还有，艾思源的病到底是意外，还是由其他原因引发的？访客会不会因为见到奇楠心生邪念？他又用了什么方法加害艾思源？”

8.医院鬼影

“还有柳林路的事。”黎希颖说，“伊彦华受伤也没有合理的解释。另外，访客深夜上门的目的是什么。正常情况下，深夜拜访朋友会被认为很不礼貌，除非他有急事。”

“我认为他是来看老艾从柳林路拿回来的木料样本。”雷涛刚刚为揭开了门锁的谜底心生得意，被他们这么一说又是满脑袋的疑团。

“但艾思源并没有把样本从保险柜里拿出来给他看。”黎希颖反对。

“客人来了总得寒暄几句。”雷涛分析，“艾思源忙不迭炫耀奇楠，结果飞来横祸，没顾上去拿样本就倒下了。访客拿到奇楠，还惦记着那些样本，于是上楼去找，但没有找到，只得离开。访客肯定也是喜爱沉香的，他来这里之前接触过奇楠的碎末——比如熏过香——没注意沾了一些在衣服或者包上，在翻找木料时掉在了艾思源的卧室。”

“我听志远说，老艾收了一批惠安系的木料。”骆曼怡向他确认。

“没错，但你刚刚说他不喜欢惠安系的沉香。”

“我也有点糊涂。”骆曼怡凝思，“或许……只是为了投资吧。老艾最近确实急于找投资的门路。”

“他会不会因为急于求成，不小心被卷入了什么非法的事？”秦思伟怀疑。

“看今天那俩人凶神恶煞的，估计没跑。”雷涛身上的伤处又开始隐隐作痛，忍不住伸手揉肋骨。

“别瞎猜了。”黎希颖说，“查查艾思源的人际交往和通信记录，不管他被卷进什么事里，总会留下痕迹。”

“老艾是太想找投资门路了。”骆曼怡花容憔悴地坐在罗汉榻旁的小沙发上，“他总说好沉香的资源马上就会枯竭，市场上的野生优质沉香的数量不会再有明显的增加，好货——比如奇楠——会经历一次又一次的转手，每转一次，价格就被抬高几成。他担心再不出手就会来不及。”

“也许有人正是利用了他的这种心态，拉他入伙。”

古人云，乱世的黄金，盛世的收藏，现如今大家手里都有一些闲钱，所以想涉足收藏圈的人越来越多。玩收藏的人，小部分是自娱自乐为主，对于自己心仪的藏品，不管什么人出多大的价钱都不肯出手。另有一大半玩收藏的人更看重藏品的投资价值，只会选有市场前景的收藏门类和藏品入手。

还有那么一类人，目的就不那么单纯了，他们同样是看中了收藏圈中的经济利益，但他们不想通过正常的途径获利，一门心思地钻空子和走歪门邪道，比如制假贩假，比如走私，或者利用收藏品行贿、洗钱。但是这些邪道也不怎么好走，需要丰富的知识和经验。艾思源寄身收藏圈和拍卖行业多年，知道很多打擦边球的门路，加上投资心切，难免被人利用。

离开艾思源家时已经接近黄昏，街上响起此起彼伏的喇叭声，地铁站里你推我搡挤进车厢的人群和大小饭馆里飘出的油烟味是这个城市告别又一个白天的特有方式。雷涛惦记滕一鸣的伤势，打电话过去听到他生龙活虎地骂自己“不仗义”“没良心”“重色轻友”，这才放心多了。

“不像话！太不像话了！”坐在咖啡馆的雅座上，已经絮絮叨叨十几分钟的滕一鸣仍然不肯停嘴。他的车还在柳林路，没空取回来。提起白天的经历，滕一鸣满肚子委屈和抱怨。“你跑去冒充大侦探，把我扔在医院里。我倒霉不倒霉啊！我上辈子干了什么坏事，这辈子要遭这种罪！”

“大夫说了，你的伤都是皮外伤。”雷涛安抚他。

“你盼着我残废不成！”滕一鸣瞪眼，“我要是缺胳膊少腿了，你养我后半辈子啊？你愿意我还不愿意呢！”

“又不是我打伤你的。”雷涛分辩。

“你要是等警察来了再进门去，我至于被打成这样嘛。”滕一鸣揉一揉后脑勺。

“这话说得在理。”坐在他们对面敲打笔记本电脑键盘的黎希颖头也不抬地说，“以后遇到这类事还是等警察来处理为妙。”

“你就别帮他了。”雷涛怕滕一鸣有人撑腰就更加肆无忌惮，“怎么样？能破解吗？”

“艾思源的U盘密码挺复杂，还得运算一会儿。”黎希颖晃了几下鼠标，“不过我现在可以回答你们之前的一个疑问——是谁给凌志远通风报信的。”

“是谁？”雷涛和滕一鸣竖起耳朵。

“我在艾思源的邮箱的草稿箱里找到了两封内容一样的邮件。”黎希颖把电脑屏幕转向他们，“两封邮件都设定了发送时间，一封是明天上午十点，另一封是后天上午十点。”

“是什么人设置的邮件定时发送？”

“我查了一下邮箱的登录情况，是艾思源本人。”

“啊？发信人是艾思源？”滕一鸣糊涂了，“他为什么要这么做？”

“看起来艾思源已经预料到自己会出事。”黎希颖说，“他预先写好几封邮件，设定在每天早上十点发送一封给凌志远。如果早上起来他自己没有遇到任何问题，就可以取消当天的发送。昨天晚上他出事入院，今天早上的邮件便按照预定的时间送达。”

“如果他早有准备，说明艾思源突发心脏病不是意外。”雷涛说，“他的病不是秘密，熟人都知道。我听说有不少办法可以诱发一个人的心脏病。”

“这个就只能去问警察和医生了。”黎希颖把邮件复制下来，“他是想让人知道柳林路的那批木料。但他为什么选择凌志远？”

“我和一鸣是圈子里的新人，他还不能彻底放心。”雷涛猜测，“骆曼怡是女士，他担心她的安全。伊彦华最近在为生意和离婚的事苦恼，无暇顾及其他。所以在他的熟人里，凌志远是最好的选择。”

“凌志远知道他在柳林路有房子。”滕一鸣抢着说，“他容易看懂老艾留下的密码。”

“你们想过没有，既然艾思源认为凌志远是最佳人选，他为什么还要用密码？直接给凌志远地址不行吗？”

“这个……我一直想不通。”雷涛承认自己笨，“你觉得他的目的是什么？”

“有两种可能。”黎希颖活动了一下左手无名指上的钻石戒指，“艾思源如果已经预料到有人可能对他下手，除了必要的自我保护，他肯定希望自己万一有事，对方能被抓住。这样就需要警方介入。他只想把凌志远设定为传信的人。考虑到凌志远收到邮件时，艾思源肯定已经出事，古怪的邮件内容和它出现的时机可以促使他报警查明真相。当那些木料落在警察手里，就可以想办法查出它背后的各种是非。”

“我当时就说得报警。”滕一鸣大言不惭，“他们不干，结果平白无故挨了一顿暴打。”

“说话时摸摸良心。”雷涛拍桌子，“我和凌志远想报警，你和伊彦华拦着不让，现在又事后诸葛亮。”

“你肯定是被打坏脑袋记错了。”

“你有脸说我!”

黎希颖咳嗽两声试图打断他们的斗嘴。滕一鸣却不依不饶。

“你咳嗽三声也不能改变事实。”

“有理不在声高。”黎希颖揉揉耳朵，“你们俩都理直气壮，吵不出结果，白白伤了和气。”

“谁稀罕和他吵。”滕一鸣耸了一下鼻子，“唉，对了，你刚才说，艾思源给凌志远发密码的目的有两种可能。还有一种呢?”

“被你们这么一搅和，想不起来了。”

“不是吧!”滕一鸣不满，“你肯定是不想对我们说，背后偷偷去告诉秦思伟对不对?”

“等我想起来了，自然会告诉你们。”黎希颖不接他的招。她抬了抬手，领班上前给他们换了一壶热茶，很贴心地询问要不要准备点吃的。

“你让厨师看着办吧。”黎希颖调侃道，“今天滕先生请客。”

“为什么是我……”滕一鸣做出要掀桌子的凶悍架势，横眉立目地和面带微笑的她对视了几秒钟，突然就怂了。“请客嘛，有什么大不了的。”他掏出信用卡递给领班，“有什么龙虾海参随便上。”

“滕先生，我们这里是咖啡馆，没有山珍海味。”领班忍着笑，“我让后厨给你们做些意大利面吧。鲜虾和培根的白汁面怎么样？”

“好啊，好啊，多放虾！”

“谢谢滕爷赏饭。”雷涛笑着作揖，脑袋上挨了滕一鸣一巴掌。

黎希颖的电脑响了一声。她敲了几下键盘，戴上耳机，表情专注，像是在聆听什么重要的信息。如果远远看过来，你很容易把她想象成某个大公司的小白领，每天下了班来咖啡馆上网，吃一顿简餐，只看文艺片和诗集，听的是帕格尼尼，和朋友聊天时不时冒出几个英语或者法语单词。

但是当你注视着她的眼睛时，你会发现自己错了，那双看起来清澈明亮的眼眸后面好像还藏着另一双眼睛，在平静和温和中竟然能流露出丝丝寒意，让人有发自内心的压迫感和强烈的迷惑。如果你见过她轻松拗断一个大汉的手臂，更是会吓得下巴脱臼，甚至会有自己是在噩梦之中的幻觉。

捉摸不透，这一直是雷涛对她最直接的印象。他喜欢她的聪明和不论遇到什么样的危机都能冷静理智面对的气度，苦恼于一直看不透她的想法，对她要做什么、打算怎么去做都完全摸不到头绪，有时候还会跟不上她的思路，被牵着鼻子走却毫无还手之力。

雷涛更苦恼的是，他分不清自己对黎希颖是感激和尊重更多一些，还是爱慕更胜一筹。这些年来，他经历过几段感情，有的人让他一见倾心，短暂的激情退去后却以相看两厌收场；有的人对他暗生情愫，却因为在错误的时间和地点相遇，纵有满心的怜惜，只能遗憾地错过；更多的是和对方温和地开始，平和地结束，挥挥手便不再留恋。一次又一次无疾而终的恋情让他逐渐看淡了，努力让自己做到顺其自然，但是，至少要搞清楚自己是怎么想的吧。每次想到这一点，雷涛就觉得手足无措。

更遗憾的是，他明白自己能否搞清楚一点都不重要，因为在第一次见到黎希颖时，她的身边就站着那个看起来和她和谐默契，般配得令人羡慕的他。如果一个女人脑子正常，她一定会在一个年轻有为、前途光明的警长和一个退隐江湖、开小店糊口的小贼之间做出明智的选择。何必为没有机会的事陷入自寻烦恼的境地？雷涛每次都这样劝自己，但效果一直非常模糊。没办法，他做不到彻底的理智，只能继续耿耿于怀下去。

他不清楚黎希颖是否看到了自己的彷徨。她对他一向是大大方方的，虽然没有拒人于千里之外的冷漠，但永远是点到为止的客气。雷涛越过笔记本电脑的屏幕看着陷入思考的她。黎希颖不经意地抬手扶住下巴，左手无名指上的钻石戒指璀璨夺目的光芒让雷涛觉得眼睛发酸。他低头拿起手机，漫无目的地打开一个个软件，赶走自己的胡思乱想。

十几分钟后，领班带着两个服务员给他们端来晚餐。滕一鸣中午没有吃饭，见到食物分外眼红，抓起叉子大口地吞咽，发出满意的咕哝声。雷涛收起乱窜的思绪，往热气腾腾的盘子里撒了一些胡椒，慢慢地搅拌。

“好好吃啊，不许浪费。”滕一鸣拿餐巾抹抹嘴，“粒粒皆辛苦，知道不？”

“吃你一顿饭而已，那么多废话。”雷涛嗤笑，“小气鬼。”

“什么叫小气啊?”滕一鸣摇头晃脑，“成由勤俭败由奢，传统美德懂不懂?”他伸手在黎希颖面前挥了挥：“欸，大小姐，听什么呢，那么入神？吃饭啦!”

“啊，艾思源的U盘里有三个文件夹。”黎希颖摘下耳机，把盘子推到一边，“第一个文件夹里有几段录音，你们听一下就明白了。”她递给他们每人一只耳塞。

听声音可以分辨出和艾思源通电话的是伊彦华，被他称为“贪得无厌的蠢女人”的，应该就是正和他为离婚分割财产打得不可开交的妻子。伊彦华在电话中抱怨妻子不给自己留后路。他们的房子是二十年前岳父单位出售的公房，本来就登记在妻子的名下，钱都投在了店铺和货物上，银行存款不足两万元。伊彦华的妻子提出离婚时必须要分割店铺和他花掉家里大半积蓄买来的那些收藏品。伊彦华不甘心自己辛辛苦苦经营多年的精品店被分走一半，更不愿意让她拿走自己珍爱的收藏品。为此，他向艾思源咨询，有没有什么好办法可以神不知鬼不觉地转移财产，尤其是他跑遍东南亚几个产区才辗转弄到手的印度奇楠。

一番宽慰之后，艾思源帮他想了一个办法——将奇楠送到拍卖行进行拍卖。当然，他们不会真的将奇楠卖掉，而是找几个“托儿”和艾思源配合完成拍卖过程，假装买下奇楠。成交后，由艾思源出面运作，给伊彦华办理相关手续和开具拍卖的合法票据，最终奇楠还在他的手里，拍卖款项会还给帮忙的买家，只要付给拍卖行几千元，这个过程就可以神不知鬼不觉地完成。

奇楠保住了，但伊彦华必须和老婆交代拍卖款的去向。他和艾思源商量可以利用他老婆不懂沉香的机会，制作几个假合同和发票，谎称那些钱都用来购置了店内的一批货物。而实际上那批货物是去年购买的，早已入账且价格远远低于拍卖奇楠的账面所得。这样经过偷梁换柱和瞒天过海，价值高昂的奇楠就变成了几箱店内的中档存货。

艾思源和伊彦华商量，如果奇楠能够顺利转移不引起怀疑，他们还可以抓紧时间再做几次，利用假拍卖和假账，将伊彦华收藏的大部分珍品偷偷转走。至于店铺的问题，艾思源答应找银行和律师行的朋友咨询，因为店铺的贷款还没还清，也许可以利用这个机会阻止伊彦华的老婆对它进行分割。伊彦华表示可以分给老婆一些货物，反正她不懂沉香，最后还得靠自己出手货物盈利。至于能赚来多少钱，只要他把账做平，他老婆是无法知道真相的，这样一来，财产的一大半就算保住了。艾思源则建议，实在不行找几个作假的高手，用假货先置换店里存货让伊彦华的老婆分走，等办完离婚手续，风声过去了，再把真货倒腾过来。即使日后他老婆发现货物有假找上门来，伊彦华可以推说自己也被骗了，撇清干系。

"这些人真够精明的。"滕一鸣摘下耳塞，"粘上毛就是孙猴儿。"

"我说伊彦华怎么舍得拍卖印度奇楠。"雷涛豁然开朗，"原来他们是在打转移财产的主意。结果没想到被神秘访客趁火打劫。我看伊老师现在是悔得肠子都青了。"

“他活该!”滕一鸣咋舌,“好说歹说夫妻一场二十几年,他就这么算计人家。唉,你说伊老师平时那样,总把明德惟馨、厚德载物挂嘴边,怎么就能干出这种缺德事?”

“一个人说什么根本不重要。”黎希颖说,“当面嘴比蜂蜜还甜,转身就捅你一刀的大有人在。”

“唉,这世道,没法说。”雷涛感慨,“一共三个文件夹,另外两个里面也是录音吗?”

“不,第二个文件夹里是图片。”黎希颖看了一下文件属性,“一共二十几张,看着像奇形怪状的枯朽木头,应该是沉香木料吧,我不太懂这些。”她转了一下电脑让他们看照片。

“没错,有虫漏,有壳子香。”滕一鸣指着屏幕,“这是我们今天在柳林路看到的那些沉香。箱子和背景看起来很像。木料也是相同的种类。”

“看起来非常相似。”雷涛说,“这些木料到底什么来头?”

“只能去问艾思源了。”黎希颖调回电脑,“第三个文件夹也是图片,确切地说是一个网店的商品截图。店名叫香韵琪缘,主要经营沉香、檀香、藏香之类的香料和工艺品。不知道艾思源为什么会关注这家网店。”

“你能查到这家店的所在地,还有店主的真实身份吗?”

“我还是发给秦思伟,让他安排警方的技术人员跟进吧。”黎希颖打开电子邮箱,“和艾思源有关,说不定是重要的证据,由他们来采证更合理。”

“那网店会和他买的木料有关吗?”

“这就不好说了。”黎希颖合上电脑，拔出U盘装回绒布套里。“那家网店不出售沉香的原料，都是加工好的手串、雕件、挂件，还有就是线香和熏材。但不排除店主会参与原料的交易。可能性太多，我懒得瞎猜，还是等调查的结果吧。”

“要我说啊，有这么一种情况……”滕一鸣将面条都扒进嘴里，眼睛意犹未尽地瞄向黎希颖手边的盘子，“哎哟我去！你面里的培根和虾，比我们盘子里的多了好多，大了好多！大厨要不要这样讨好老板！”

“都是你的。”黎希颖把盘子送给他，“我不饿。”

“好人哪，我认识的人里就数你最仗义。”滕一鸣欣喜地接过食物，摞在自己的盘子上。

“你说话不能只说一半。”雷涛催促，“一种什么情况？”

“呐，你们听到录音了。”滕一鸣用叉子卷起面条，吹了吹送进嘴里，“艾思源帮伊彦华出主意，听他那信心满满的口气，绝对不是第一次干这种事，那是轻车熟路的感觉呢。所以啊，他一定帮别人做过同样的事。我就想，那些木料会不会也是牵涉到类似的转移财产或者其他蒙人的坏事。但我觉得和伊彦华不同的是，木料的主人和艾思源关系没那么铁杆。”

滕一鸣又说，“或者这个人有一些让艾思源担心的背景，比如黑道。他怕自己会惹事上身，才准备了定时发送的邮件。”

“知人知面不知心哪。”滕一鸣嘴里塞满面条，仍然不忘总结发言。

“我们一会儿去医院看看艾思源吧。”雷涛建议，“表达一下关心，顺便向他老婆孩子，还有同事打听一下最近他和什么人来往密切。”

“你这是铁了心要当福尔摩斯。”

吃过饭，他们穿上大衣，叫了辆出租车前往医院。天黑之后，医院里的人潮开始向急诊楼转移，门诊楼暂时得到了解脱，只有手术室外的等候区坐满了心急如焚的家属。

在三楼的心外科重症监护室门外，他们遇到了艾思源的夫人蒋慧。她比艾思源大两岁，因为保养得好，看起来只有四十岁出头的样子，只是因为一天一夜的担惊受怕和疲劳显得精神委顿。

“怎么就您一个人?”滕一鸣上前打招呼，把雷涛介绍给蒋慧。

“我让儿子和拍卖行的小张一起吃饭去了。”蒋慧一再谢过雷涛对艾思源的救命之恩。

“那都是应该的。”雷涛很不好意思，“老艾情况如何?”

“不知道什么时候能醒。”蒋慧垂下浮肿的眼皮，“护士不让我们进去，只能在这里等。”一个护工从他们身边匆匆走过，推开重症监护室的门走进去。她从门缝里急切地往里看了一眼，门瞬间又关上了。“我让儿子吃完饭去取五千元钱出来，听说去求求护士长，可以放家属进去看一眼。”

“您放宽心，医生说了，没大事。”滕一鸣安慰她，“您这要是再病了就不好办啦。老艾肯定是太累了才会病倒，他最近忙什么呢?”

“我一向不问他的事。”蒋慧蹙眉，“老艾最近和平时一样，工作之余看看书，约朋友喝茶，聊聊收藏……”

重症监护室里传来几声尖叫，不等他们反应过来，两个面无人色的护士撞开门高喊着跑了出来，屋里的仪器设备传出急促的报警声。

雷涛两步窜进监护室，看到摆着大约二十张床位和各种仪器的房间里，四个护士正手忙脚乱地围在七号床边。走近几步，雷涛看见了躺在床上的艾思源。他戴着呼吸面罩，胸前的一片血迹上露出一只花瓶瓶口粗细、两寸来长的牛角刀柄。凑近细看，刀柄一侧刻着一行小字“绰约新妆玉有辉，素娥千队雪成围”。

身后有人喊他的名字，雷涛回头看见滕一鸣堵在门口，努力想拉起瘫坐在地上动弹不得的蒋慧。护士还在忙碌，搬来了更多的仪器和药物，试图把艾思源从死神的手里拉回来。雷涛帮不上忙，只觉得浑身发冷，耳朵嗡嗡作响，脑海里一片茫然。

不多时，去求救的护士已经带着医生、保安和驻扎在警务室的两位警员赶了过来。雷涛和滕一鸣将蒋慧架到走廊上，交给两位赶来帮忙的护工照顾。护工？好像有什么地方不对……

“是谁捅了老艾？”滕一鸣浑身在发抖。

“不知道，里面在忙着救人，我没时间多问。”雷涛向他描述自己看到的刀子。

“那是……骆曼怡的香刀啊。”滕一鸣脸色发绿，“她主持香道时专用的一把刀。”

“你能确定？”

“没错，上面刻着的两句诗出自文徵明的《玉兰》，我之前特意问过她。”滕一鸣扶着墙，声音像绵羊似的，“这怎么可能……怎么可能啊！我们刚才一直在门外！”

“我们走。”雷涛定了定神，拉着他走向楼梯。

“你要去哪儿？”

“去骆曼怡的香道馆，看看她的香刀还在不在。”

9.鱼目混珠

骆曼怡的香道馆是她居住的小区里的两间底商。出租车还没开到小区门口，远远地就可以看见临街一片亮着灯的商铺。香道馆夹在一家小超市和一间房地产中介公司之间，装修风格和周围的店铺截然不同，大门两侧挂着“日长芳草连云秀，风静兰芽带露香”的对联。雷涛记得骆曼怡曾经提到过，这副对联是去年香道馆重新装修时，艾思源帮忙从一位书法家处求来的。

走进敞开的玻璃门，他注意到接待台上的花瓶被撞翻，几个抽屉都被翻了出来，会员登记簿、活动日程表、宣传单、没使用的会员卡、文具和电脑的液晶屏都摔在地上。

“出什么事了？”滕一鸣扶正挂在桌边的电话，紧张四顾。

雷涛推开左手边的一扇推拉门，打开灯。这是骆曼怡平时上课和主持活动用的一间教室。门边的讲台背后挂着一幅巨大的篆书“静”字，是骆曼怡自己的习作，字体规整漂亮但缺乏气势和突出的韵味，初看颇为惊艳，但看多了就觉得兴致索然。所谓字如其人，和骆曼怡的气质十分贴近。初次见到她的人大概都会被她独特的装扮、文静的性情和优雅的谈吐吸引，为她渊博的香文化知识和娴熟的香道技巧所折服。但假以时日，这一成不变的古典风度就有了些刻意的感觉。雷涛能理解骆曼怡是真的深爱传统，执迷于香道，但有些人就会觉得她有装模作样的嫌疑。

静立于讲台之上的仿红木条案上铺了细竹帘，摆放着钧瓷香炉、朱漆香盒、香篆。一个木托盘里排放着香夹、香扫、香匙、压灰扇和探针。在条案后的坐垫旁还有一个三层的贝壳镶嵌仿古收纳箱，一个个装了各式香料的白瓷小盒子整齐地放在抽屉里。其他工具都在，唯独不见香刀。

“我没骗你吧。”滕一鸣摘下一张照片，“是不是这把刀？”

“看着几乎一模一样。”雷涛心里很不是滋味。真的是骆曼怡吗？更让他诧异的是，她竟然会冒险在重症监护室下手。

离开教室，关上推拉门，他们走进接待台后的办公室。这间屋的灯开着，本该在书架上的书散落一地。骆曼怡的书以香道、香料鉴赏、沉香收藏为主，还有一些历史文化方面的文献和典籍。有些书已经有点年头，经不起剧烈的磕碰，散成了一片片的纸页，看之令人心痛。

“看起来是急着要走。”滕一鸣捡起几本摔散架的书，拍拍上面的灰尘。

“我看不像。”雷涛绕到写字台后，发现抽屉也都被翻过，里面的记事本、名片、各种票据、签字笔和几盒教学光盘都遭了殃。桌面上的孤零零的鼠标说明这里曾经有一台笔记本电脑。“把这里弄乱的人不是来拿东西，更像是来找东西，而且他不知道他要找的东西在什么地方，所以才会粗暴地四处乱翻。不知道电脑是被他拿走，还是被骆曼怡自己带走了。”

“大门上的锁没坏，这屋里的锁也没有问题。”滕一鸣生疑，“除了骆曼怡，不会有其他人能拿到香道馆的钥匙。”

“撬锁技术如果够高，是不会破坏锁具的。”

“我不认为骆曼怡认识的人里有像你一样的高手。”滕一鸣摇头，“不管这人是谁，他肯定和骆曼怡关系很近。他要找的是什么呢？骆曼怡跑到哪里去了？”

“我也想知道。”雷涛注意到写字台下面有两个纸箱。拉出来一看，一个箱子里满满地堆放着沉香木料。这些木料和艾思源的囤货不同，都是小块的散碎料子，大部分都不成形。

雷涛拿起一小块碎料，用手捂热，凑近嗅了嗅。木料的香气很淡，有一种潮湿和霉变的奇怪味道。雷涛分辨不出这是什么产区的，品质如何，只是觉得和曾经闻过的沉香差别很大。他又拿了一片很薄的碎料，用小刀削了一些碎屑倒在写字台上的电子熏香器中，打开电源。几分钟后，甜香的味道终于飘了出来，但其中夹着一股明显的酸味，好像还有些涩味和腥味，闻着令人不适。

“唔，这香可真不怎么样啊。”滕一鸣关上了熏香器，用手掌在鼻子前扇风。

如果是不好的沉香，熏烧时便会出现生涩味、酸味，甚至腥臭的异味。气味是区别沉香品质优劣的标准。有明显异味的沉香，有些是本身油脂含量太少，年头太短或者含水量太高所致，有些则是没有清理干净或者保存不当造成的，但不论是哪一种情况，这种沉香的价值都是很低的。

雷涛接触沉香的时间不算太长，但如此简单的味觉体验他还是可以做出评判的。让他迷惑不解的是，骆曼怡为什么会存有这样的劣质沉香。她醉心于香道，即便是上课示范时，对用香的品质也是十分讲究。骆曼怡常说购买香虽然不能一味追求奢华，非沉水、奇楠不要，但必定要选香韵好的，好沉香的标准便是闻之令人身心愉悦舒畅。她办公室里的这箱碎料，说是次品都十分勉强，不知道是要做什么用。

他把另一个纸箱拖出来打开盖子，发现里面码放了几层方方正正的锦盒。锦盒里一大半是各种尺寸的沉香手串，另外一些是沉香佛珠。这些饰物的选材不尽相同，很多一打开盒子便能闻到浓郁的甜香。

让雷涛吃惊的是拴在手串和佛珠上的标签上面是“香韵琪缘”四个烫金字。骆曼怡的办公室里有这么多挂着网店标签的饰物，莫非那家店是她开的？为什么从来没有听她或者其他人提起过？骆曼怡开网店不算奇怪，多种经营嘛。奇怪的是，艾思源为什么要把网店的截图万分小心地保存起来。

“骆曼怡这里有沉香木料。艾思源也有存货。”滕一鸣拿了一条浅黄色底子上分布着深棕色虎斑纹的手串在手中把玩，“他们可能是合伙进的货。”

“不可能。”雷涛否定他，“艾思源那批货中有不少好东西，值不少钱，而且都是原料。骆曼怡这里有原料也有工艺品，那些原料差不多一钱不值，和艾思源的货物没法比。”

滕一鸣把手串凑在鼻子下面说：“好香，你能分清这是哪个产区的吗?”

“我说不清，只能去请教伊彦华或者凌志远。”

“这些成品倒是很好啊，颜色漂亮，味道也挺好闻。”滕一鸣在手指上转着手串，一不留神它飞了出去，越过桌面掉在贵妃榻旁。

“大哥你小心点。”雷涛过去捡起手串。贵妃榻下面露出的一节绛红色丝带头看起来眼熟。他拽了一下丝带，沉甸甸的金质香囊被带了出来。

香囊被摔得瘪进去一块，搭扣也坏了，一些棕红色的粉末从虚开的缝隙里撒漏出来。

“骆曼怡的香囊怎么丢在这里了?”滕一鸣捏起一点粉末嗅了嗅，“唉，这味道!”

“糖结奇楠。”雷涛打开香囊，里面装的果然是切成小指甲盖大小的糖结奇楠，比他在艾思源卧室里找到的那些碎屑大不少。他学着伊彦华的样子捏了很小的一块奇楠放进嘴里用牙一咬，牙齿有被粘住的感觉，一股凉爽带着麻辣的味道直撞咽喉，在五脏六腑里乱窜。

奇楠质地软糯，经过反复的摩擦碰撞后会有一些碎屑积攒在香囊中，遇到比较激烈的碰撞或者摇晃就会从香囊细密的缝隙内撒落出来。这就是艾思源的卧室地毯上会有奇楠碎屑的原因。

“神秘访客就是骆曼怡。”滕一鸣像是挖到了宝，“我就说嘛，一定是他们合伙买的木料出了问题。要通知警察吗?”

“等一下。”雷涛想整理一下思路，忽然听见外面的玻璃门被推开的嘎嘎声，脚步声渐渐清晰。

滕一鸣赶紧躲到了门后，顺手捡起一本又厚又沉的香料鉴赏图册高举过头顶。雷涛几步靠到门边，屏息聆听门外的动静。

门被慢悠悠地推开，一个黑色的身影闪了进来。滕一鸣手起书落砸在闯入者的后背上，向前奋力一扑，想勒住对方的脖子，不慎脚下一滑重心不稳，扑通一声抱着黑影摔在了地上。雷涛慌忙后退几步抓起了书桌上的台灯准备帮忙，这才看清被滕一鸣死死压住的竟然是凌志远。

“救命啊!”被吓蒙的凌志远放声高呼。滕一鸣意识到扑错了人，赶忙伸手捂住了他的嘴巴。

“别喊！是我，是我啊!”他压低声音。

凌志远停止挣扎，和滕一鸣大眼瞪小眼足足对视了半分钟，满腔怒火地掰开捂住自己口鼻的大手。

“干什么！差点闷死我。”他用力推开压在自己身上的滕一鸣，坐在地上揉着被摔得生疼的后背。

滕一鸣坐在他身边，拍着胸口直呼误伤友军。雷涛急匆匆上前想把他们两个拉起来，无奈这两位都是重量级的。两手的负重大大地超过预期，雷涛只觉得身体一沉，自己也栽倒在地上。

门口传来一阵笑声，三个大男人顾不上坐在地上的窘态，回头对看热闹的黎希颖怒目而视。

“我说几位，你们这是三结义啊还是拜天地啊。”她一手捂着嘴，一手撑着肋间，怕自己会笑岔气。

“好笑吗?”滕一鸣捶地，“看别人倒霉高兴成这样，你有没有人性啊!”

“幸灾乐祸。”雷涛拉着被滕一鸣砸得七荤八素的凌志远爬起来，坐在贵妃榻上。

“我听说有人溜进重症监护室捅了艾思源一刀。”黎希颖走进办公室观察着乱糟糟的环境，“蒋慧告诉秦思伟你们提到骆曼怡。她估计你们来这里了，所以让我过来看看，一是怕你们遇到麻烦，二是怕你们破坏现场。”

“这不是我们干的。”雷涛急忙解释，“我们进屋时这里就被翻乱了，骆曼怡不在。”

“你说老艾怎么了?”凌志远心惊胆战，“曼怡又怎么了?”

“艾思源经抢救无效，十五分钟前宣告死亡。”

“捅了老艾的刀是骆曼怡的香刀。”雷涛拉他们去香道教室里看了照片，“我是为了确认才过来的。”

“怎么可能是曼怡呢?”凌志远不信，“她傍晚给我打过电话。”

“她说什么?”

“我从医院回家之后头疼得厉害，吃了药躺下睡了。”凌志远拿出手机，“那止疼药挺厉害，我一觉睡醒已经是晚上八点多，手机记录里有五个未接来电都是曼怡打过来的。”

“曼怡拨打给我的电话，前三个来自她的手机，后两个用的是香道馆办公室的座机，时间都在傍晚六点到七点之间。我回拨过去，她手机不在服务区，香道馆的电话也没人接听。”

“曼怡和老艾从没有过矛盾，她不可能去杀老艾。”他固执地强调，“一把刀说明不了什么。”

“不错，刀是骆曼怡的，并不能说明她就是凶手。”黎希颖在香道教室里转了一圈，仔细看了讲台上的工具和墙上的图片。沿着一排坐垫走到教室的尽头，她拉开了一组收纳柜的抽屉。

柜子一共有三组，由高到低排成阶梯状。最高的一组装的都是简易的香道用具，是提供给没有工具的学员和体验者免费使用的。第二组的抽屉里是香道馆自己印制的几套教材，纸张和装订都比较粗糙，排版简单潦草，有点像复印店做的复习资料。

最后一组收纳的是教学用的香料。最上面一层抽屉里装着打香篆、制作香丸、线香的香粉和黏合剂粉末。中间一层则是熏烧用的沉香碎料。雷涛打开几个罐子，各取了一些碎料出来，发现其中以各类勾丝居多。

沉香采摘之后都需要经过处理，剔除部分木质，留下含油脂较多的沉香。在去除多余的木质时，被剔下的一些木屑里也会含有少量的油脂，就是勾丝。相比整块的沉香，勾丝价格便宜，适合做熏材。骆曼怡的香道馆开业未几，至今为止盈利不多，在日常教学和活动中自然不敢选太贵的材料。但是和她办公室里的那箱子碎料比起来，这些勾丝的品质要好很多。

收纳柜的最下面一层收着几块大块的沉香和檀香的随形木料，是上课时做标本展示用的。还有一个精美的手工彩绘硬纸盒，里面有一个装着淡棕色油状液体的小玻璃瓶。黑色绒壳上的一个空凹槽暗示它原本是成双成对的。打开瓶盖，凉丝丝的甜香飞散而出，带着一缕清淡宜人的药草香气。

“莞香精油。”雷涛认出熟悉的味道，“果然是骆曼怡。”

“你在说什么啊?”凌志远摸不着头脑。

“她到底是怎么回事?”雷涛无暇顾及他的疑问，因为自己心里的疑问仍旧成团。

“网店，一定和网店有关系。”滕一鸣说，“老艾不会无缘无故留骆曼怡网店的照片。”

“你说的是‘香韵琪缘’?”黎希颖问，“原来是骆曼怡的店。”

“不知道是不是她的。”雷涛说，“但她办公室里有一些带着网店标签的手串。”回到办公室，雷涛搬出纸箱给她看。

“曼怡的网店……”凌志远的表情更加糊涂，“而且这……”他打开几个盒子，用手掂量着手串，眉头撞在一起。

“怎么，这些饰品有问题?”滕一鸣问，“我觉香味很好啊。”

“这些都不是沉香。”凌志远摇头。他又打开几个盒子，脸色越发难看。“这些东西都是假货。不可能，曼怡不可能开网店卖假货。”

“居然是假货。”滕一鸣骇然，“我还以为都是好货呢，根本看不出来。”

“你要是细看还是能分辨的。”凌志远拿起一串手串，“这个是市面上最常见的假沉香，叫花奇楠。这东西本来是一种藤类植物，因为花纹很像沉香的油脂线，所以被拿来鱼目混珠。但是你看，这东西花纹特别粗，特别明显，颜色很鲜艳。真正的沉香不会有这样的颜色。最要命的是，花奇楠几乎都能沉水，好多人买沉香是冲着沉水去的，于是就上当了。”

“但是它明明是有香味的。”滕一鸣纠结道。

“花奇楠是有香味，但和沉香的香韵不一样。”凌志远闻了闻手串，“而且这串明显用香精泡过，所以你会觉得香气扑鼻。但是别忘了，沉香大多数生闻不会有这么浓的味道，应该是断续的清香。”

“你若不说，我肯定会上当。”滕一鸣做虚惊状。

“还有这几个，你看，外表有点像沉香。”凌志远把几串佛珠排在桌面上，“其实它们是台湾的三种原生大戟科植物，土沉香、兰屿土沉香和台湾土沉香，常被用来冒充我们所说的瑞香科沉香。同样常被奸商拿来充数的大戟科植物还有海沉。”

“海沉？那不是海南沉香吗？”

“不是啦，海南沉香一般都称为琼香、琼脂。海沉其实是越南海边的一种红桉树形成的类似沉香的油脂，属于木料混合物，有点海水的咸涩味，并不是真正的沉香，没有任何把玩和收藏的价值。更糟糕的是，很多大戟科的假沉香虽然燃烧时有类似沉香的气味，但具有毒性。”

“哇，那错用它熏香岂不是会害人？”

“害死人不至于，毕竟毒性没那么强，但闻多了肯定会头晕恶心。”凌志远说，“类似的东西还有市面上常见的琪皮，也是一种有毒的藤类植物的根部，看起来很像“红土”，常用来和“红土”一起配香，香韵很好，但闻多了就会难受。”

“这个台湾土沉香我觉得比较好认。”雷涛拨拉珠串，“干干的，看不到明显的油脂线。”

“这一箱子都是假的，一件真货没有？”

“没有，刚才那花奇楠还算好的呢。”凌志远咂嘴，“剩下的一些，连白木都舍不得用，都是杂木灌了铅加了香再染色，还有把竹子泡了油和香精再染色出来的。还有这几串，我看可能是‘压缩沉’。”

“就是所谓的‘胖大海’吧，用水一泡就会胀开。”

“嗯，也有那么叫的。经过压缩之后木料密度变大，可以沉水，价格一下翻了几十倍甚至上百倍。但是这珠子的手感明显太沉了，这样大小的珠串即使是沉水料也不会这样压手。再看油脂线黏成一片，就知道肯定不是正常的沉香。”

“还好，还好……”滕一鸣松了口气，“就算是高仿，仔细分辨总能看出破绽来。”

“别高兴得太早啦。”凌志远提醒他，“也有只凭看分辨不出来的假货。比如‘死人沉’。”

“死人！你别吓唬我。”滕一鸣后退一步，“什么叫死人？”

“那种东西不是后期加工出来的，而是本身在越南、老挝、柬埔寨一带生长的一种树结出来的油脂。区别在于，沉香树是因为外界的伤害导致慢慢结油，而‘死人沉’是在生长期间就开始自然结油。这东西在外观上和真沉香一模一样，而且生闻有清香，很多还能沉水。”

“那就和沉香一样了啊。”

“不一样的。”凌志远摇头，“‘死人沉’点燃后是类似于塑胶制品燃烧后的恶臭味道。所以那东西根本不能当香料用，但是如果不烧，还真是分辨不出它和沉香有什么区别，据说在显微镜下看都看不出来呢。”

“听着都恶心。”滕一鸣撇嘴。

“没辙啊，有人说如今市面上的沉香九成以上是假货，这话一点都不夸张。你看很多小店里，动不动就几千元的奇楠和沉水手串，明显是假的，但总有人上当，还当自己捡到了大便宜到处炫耀。”

“这些该不会也是假的吧？”雷涛把碎料搬出来。

“不像假的。”凌志远拿了几片掂了掂，再闻一闻，“霉味挺重，品质太差，估计是受了潮变质啦，即便是真货也不值钱。真不敢相信这是曼怡的存货。她用香是很讲究的。这里面可能有什么误会。”

“没有误会。”一直坐在贵妃榻上听他们口若悬河的黎希颖挥了挥手机，“刚刚查到‘香韵琪缘’这家店登记店主叫曹淑颜。”

“那就不是曼怡嘛。”凌志远松了口气。

“曹淑颜本人现在贵州山区做志愿者。警方还没有联系上她，但是查到她和骆曼怡来往密切。她是骆曼怡姨妈的女儿，也就是她的表妹。”

“也许……曼怡是被骗了。”凌志远底气不足，“总之现在得赶紧找到她。”他拿起桌上的电话再次试图联系骆曼怡，得到的回应仍然是用户不在服务区。

没人知道骆曼怡去了哪里，即使是二十分钟后赶来香道馆收集证据的警方对这个问题也是一筹莫展。他们只是凭借在医院收集到的信息和监控录像，搞清了艾思源遇害的始末。

在心外科的重症监护室里，除了两班倒的护士，还有一位护工——唐大妈。大妈今年刚满五十岁，老伴去世后来城里投奔在医院食堂工作的儿子，在心外科谋了个工作，因为为人热情，做事尽心尽力，所以很受医生、护士和病人家属的尊重。今天晚上七点半左右，唐大妈出去上厕所，没想到刚进卫生间脑袋上就挨了一闷棍，倒在地上不省人事，被凶手拖进工具间内锁了起来。

穿上唐大妈衣服的凶手悄悄溜回重症监护室，当时左右护士都在忙着检查病人，做记录，没人注意到这个蹑手蹑脚进门，戴着帽子和大口罩的人并不是唐阿姨，直到艾思源的病床边响起了仪器的报警声。

“我记得是有一个穿护工衣服的人进了重症监护室。”雷涛回忆，“但是没看见那个人的脸。”

“大部分人不会特意去注意护工。”秦思伟说，“重症监护室的工作人员都对唐阿姨是十分放心的，她的出出进进也就无人留意。发现艾思源被刺，护士们极度恐慌，又是救人，又是出去喊人。凶手就是在这个时间趁乱逃了出去。我问了所有人，竟然没人记得凶手是什么时候出去的。”

“有护士跑出来，我就进了监护室。”雷涛回忆，“当时……不行，我的注意力全在艾思源身上，根本没心思去管屋里有没有护工。直到出来之后才觉得不对劲——好像屋里少了什么人。”

“我和蒋慧在你后面进去的。”滕一鸣努力回想，“好像是有人往外跑，但我们都被吓傻了，谁还有心思去想那些。护工大妈没事吧?”

“头上缝了两针，但总算没生命危险。”秦思伟说，“医院给她放了几天假，回家休息。”

唐大妈是被保安救出来的。大妈苏醒过来之后，身上被剥得只剩下秋衣秋裤，她头缠绷带，哆哆嗦嗦，一把鼻涕一把泪地诅咒凶手全家不得好死，祖宗八代不得超生。医生、警察和她儿子劝了半天，大妈的情绪才平复下来。

“大妈看到凶手的样子了吗?”

“一个人高马大，胖墩墩，圆脸浓眉的老年妇女。”秦思伟对他们的惊讶报以一笑，“大妈是头部受伤有幻觉了。据他儿子说，她描述的是他们村里一直和她不和的胡大婶。唐大妈的伤在脑后。她受伤的位置也看不到洗手台上的镜子。所以她不可能看到凶手。”

“那就是没线索了?”凌志远紧张地问。

“还好医院里有监控录像。”秦思伟拿出自己的平板电脑给他们看几张截图。

凶手跟着唐大妈进厕所时穿着一件长及地面的羽绒服，戴着帽子低着头，所以看不清样貌，只能判断这个人的个子不高。进入卫生间后大约五分钟，穿着护工衣服的凶手低头走了出来，虽然戴着帽子和口罩遮住了脸，但可以看清凶手头上梳着一个发髻，插着一支簪子。

重症监护室门口的探头拍到了凶手趁着雷涛他们和蒋慧聊天

时侧身而入的情景。很快，有人冲出来，外面守着的人跑进去，凶手趁乱脱身，快速跑进没有监控的楼梯间。

10. 偷梁换柱

“都看不清脸啊。”雷涛心焦。

“但几个监控都拍到了她的背影。”秦思伟调出一张用电脑调整过清晰度的照片，“这个簪子你应该很眼熟。还有这件在洗手间的垃圾箱内找到的长羽绒服。已经找骆曼怡的家人辨认过，确定是她的衣物。

“竟然真的是曼怡。”凌志远异常失落，“她……她这是图什么啊？”

“还是挺奇怪的。”滕一鸣琢磨，“她下午给你打电话是想说什么？”

“是啊，她想说什么呢？”雷涛同样不解。

“雷涛，还记得你给我的烟头吧。”秦思伟说，“在来这里的路上，法医通知我结果出来了。那里面除了烟丝和沉香细丝，还有少量夹竹桃枝叶制成的干丝。夹竹桃的枝叶燃烧产生的烟雾有剧毒，会刺激心脏，引起受害人昏迷、呼吸麻痹，和心脏病发的状态差不多。”

“所以艾思源不是心脏病发作，是被毒烟毒倒，只是他本身有病误导了我们。”

“毒烟可能诱发他的心脏病。法医已经着手安排尸检，但结果还要等一段时间才能出来。”

“烟丝有毒？那说明骆曼怡老早就想要老艾的命。”滕一鸣心惊，“可能她开网店卖假货的事被老艾发觉了。老艾常来香道馆，没准看到了那些假货，查到了网店的网址。他是行家，一眼就能看出真假，所以就截了图片作为证据。这样看来，骆曼怡是想杀人灭口，所以在给艾思源的烟丝里下了毒。”

“不至于吧。”凌志远惊惧，“就算是老艾发现了，她只要不继续卖假货就好了。老艾不是不讲情面的人，不会去揭发她。再说，老艾一个月前就开始抽曼怡送他的烟丝，逢人就说效果特别好。那里面如果掺了毒物，他早死一百多回了。”

“烟丝里肯定没有大量下毒。”滕一鸣说，“她可能只是掺了一点。”

“那样的话，没人知道老艾哪次卷烟会遇到毒物。”凌志远反驳，“她无法保证老艾在中毒之前不会揭发她。”

“她应该抱有侥幸心理吧。”滕一鸣努力解释，“正因为是她下的毒，所以骆曼怡在目睹老艾中毒时没有施救。”

“等等，她目睹……到底是怎么回事？”凌志远惊出一身冷汗。

“昨晚聚会散场后我们各自离开，骆曼怡却偷偷折返回去。”雷涛顺了顺自己的思路，“她进门时，艾思源正在焚香，玩赏伊老师的印度奇楠。骆曼怡私下找老艾，自然是为了网店的事情。我想那不是她第一次求老艾，但老艾并没有答应替她保密。骆曼怡先是拿出带在身上的精油示好。聚会时她就提过精油，确认老艾没有试过，所以拿出来想收买老艾。但老艾还是没有明确表态，这时，骆曼怡觉得不能再拖，才起了杀心。”

“烟是老艾自己卷好的。”凌志远说，“他每天早上卷三支烟。曼怡如何在卷好的烟中下毒呢？”

“所有人都知道老艾卷烟的习惯，骆曼怡可以提前卷好一支掺有毒物的烟。她告诉老艾那是她新配出来的一种配方，调整了烟丝和沉香的比例。老艾自然愿意一试，结果中了骆曼怡的圈套。在老艾中毒后，她拿走了烟盒里没有抽的那支烟，拿走了奇楠。为了制造老艾独处时病倒的假象，她利用自己对香料的熟悉，搞了假现场。”

“那掉在楼上的奇楠碎屑呢？”滕一鸣问。

“今天在贵妃榻下面我找到了这个。”雷涛拿出金丝香囊，“大家都能认出来这是骆曼怡的香囊。”他打开香囊，把里面的奇楠倒在桌上：“这些是糖结奇楠，和我在艾思源卧室地毯上发现的一模一样。”

“她去老艾的卧室干什么？”凌志远惊异万分。

“我想她是去找我和一鸣在艾思源家发现的一些木料样本。”雷涛说，“样本正是从柳林路那批货物里拣出来的。我想不清骆曼怡和那批货有什么关系，但她跑去楼上肯定是要找什么。哦，还有，给你发密码邮件的其实是艾思源本人。”

“他……他……”凌志远幸好没有心脏病，否则可能会当场不省人事。

“他已经料到骆曼怡可能会对他下手，所以留了一手。”

“老艾想投资沉香，骆曼怡应该认识一些货源。”滕一鸣猜想，“或许那批货就是骆曼怡帮他搞到的，而且来路不正。她能造假售假，难说会不会牵扯进走私之类的事情。”

“那批木料的问题还有待查证。”雷涛说，“但是今天下午我请骆曼怡帮忙其实是失策了。我完全没想到她居然就是神秘访客。被我揭穿后，她一定非常害怕，想到只要艾思源醒过来，自己就彻底完了，所以才会动了铤而走险的念头。”

“她的铤而走险非常失败。”秦思伟思索，“骆曼怡要杀艾思源只有一个目的——保护自己。她去过重症监护室，知道里面的情况所以具备作案的条件。她明白化装潜入有风险，但成功的可能很大。只是她既然费心抢了护工的衣服，却用自己的香刀杀人，穿了自己的大衣，还戴着所有人都认识的玉兰花簪子。这样一来，虽然成功杀了艾思源，但彻底暴露了自己。杀人灭口变得毫无意义。”

“疑点不止这一个。”黎希颖缓缓地开口，“如果是骆曼怡给艾思源下毒，目的是误导所有人认为艾思源死于心脏病，在艾思源倒下后，她理应拿走烟头，这样就可以做到不留痕迹。很难想象她忽略了这么大的破绽。”

“如果现场没有烟头别人更会起疑。”雷涛说，“她认为自己能骗过所有人所以没拿走烟头。”

“哦，那她上楼去找木料时为什么要进卧室？”黎希颖脸上又浮现出浅笑，“骆曼怡和艾思源是老交情，应该清楚他不会把那么重要的东西放在卧室。”

“这……”

“其实骆曼怡去卧室是找另一样东西。”

“什么东西?”

“艾思源的药。她见到艾思源口吐白沫倒在地上，赶紧跑上楼去找药。雷涛你是在卧室的床头柜上找到的硝酸甘油。骆曼怡本来是想去拿那瓶药的。拿药证明她认为艾思源是心脏病发，说明她并不知道烟里有毒。”

“可她并没有救艾思源。”

“骆曼怡确实开网店卖假货。艾思源发现了这一点。”黎希颖继续，“但她一开始并没有杀人灭口的想法，只是想找机会再去求一求艾思源，请他网开一面不要声张。在艾思源毒发后，她最直接的想法还是救人，但有两件事让她最终没有做出正确的选择。”

“哪两件?”

“首先自然是艾思源有她不光彩的把柄。如果他死了，假货的事便不会有曝光的危险。再有就是那块要命的奇楠。骆曼怡和艾思源一样痴迷沉香，当然想得到稀世罕见的奇楠。我想她已经拿到药瓶，转身要下楼时意识到，或许艾思源死了对自己更有利。于是骆曼怡擦掉药瓶上自己的指纹，把它放回原处，下楼拿了奇楠，带走打碎的精油瓶子碎片，制造了假现场。”

“如果骆曼怡不知道香烟有毒，自然不会拿走对她无意义的烟头。”秦思伟点头，“所以她虽然一念之差犯下大错，但并不是阴谋下毒的凶手。”

“即使这样，她还是有理由去医院杀老艾。”滕一鸣帮雷涛说话，“你们看，她没想到老艾会被我和雷涛救了。一旦老艾醒过来，肯定要揭发她。她为了守住这个秘密，所以痛下杀手。”

“我刚才说了，她下手的方式得不偿失，非常可疑。”秦思伟说，“她在这个时候失踪同样可疑。还有就是这里。你们来的时候门开着，里面被翻过。是什么人干的？”

“我能看看香囊吗？”黎希颖伸手接过雷涛递上的金丝小盒子，“摔坏了，真可惜。这丝绦是被扯断的。看屋里的样子，除了翻找，还有打斗过的痕迹。骆曼怡肯定来过这里，但还有其他人和她在一起。”

“你的意思是，杀死艾思源的凶手另有其人。凶手伪装成骆曼怡的样子去了医院，目的是嫁祸给她。”

“下午骆曼怡听到你揭开门锁的伎俩后心里肯定很乱。”黎希颖说，“她回到这里想一个人静一静，但不久便有其他人上门且来者不善。在争斗中，骆曼怡被制服，她的香囊掉在了贵妃榻下面。不知道凶手在这里有没有找到他想要的东西，但很有可能是他挟持了骆曼怡，穿上她的衣饰，开着她的车去医院杀死了艾思源。”

“凶手会是什么人？”凌志远恐惧地问，“曼怡被他弄到哪里去了？还有，她下午一直给我打电话是想说什么？”

“没有任何关于凶手的线索，所以很难说他是什么人。”黎希颖回答，“艾思源发定时邮件要防备的人未必是骆曼怡。从邮件的内容看，他要防备的某个人肯定和柳林路的沉香脱不了干系。但骆曼怡是否参与其中就不好说了。如果我的推论没错，她现在恐怕是凶多吉少。对于凶手来说，成功嫁祸给她的最后一步就是杀人灭口。除非……”

“除非什么?”

“除非凶手在这里并没有找到他想要的东西，骆曼怡对他就还有价值。只要她够聪明，不和凶手合作，暂时可以保住性命。”

“我想不出凶手要找什么。他只翻了前台和办公室，没去碰香道教室里的那些抽屉。”

“现在回答这个问题为时尚早。太多的疑点还没解开。”

“他想要的可能是被骆曼怡拿走的奇楠。”滕一鸣说。

“凶手不太可能知道是骆曼怡拿走了奇楠。”雷涛不信，“我们刚刚找到骆曼怡是昨晚神秘访客的证据，其中的一些细节凶手不可能知道。”

“他不知道骆曼怡是神秘访客，为什么要嫁祸给她?”

“凶手和艾思源一样知道骆曼怡网店的事，嫁祸她是因为她有合适的动机。”

“如果奇楠没有落在凶手的手中，应该是被骆曼怡藏起来了吧。”

“香道馆这里什么都没发现。”秦思伟说，“派去骆曼怡家搜索的警员也没找到所谓的奇楠。人命关天，我只能以寻找骆曼怡的下落为主布置警力。等找到骆曼怡再说奇楠不迟。”

警方开始清理现场的证据，走访周围的商铺，希望找到目击证人。雷涛不想留在现场添乱，提出先行告辞。凌志远知道滕一鸣的车还在城市的另一头，主动提出送他们回家。

“我家和一鸣家不是同一个方向，要送我得反方向绕一大圈。”

雷涛推辞，“让他搭你的车就好了，我到路口去打车。”

“大冬天的，这个时间很难打到车。”凌志远继续邀约，“一脚油门的事，你就别客气了。”

“没关系的，我可以打电话叫车。”

“算了，让他打车吧。”滕一鸣钻进车里，“走吧，这家伙比牛还倔，你别跟他费口舌啦。”

看着红色的尾灯远去，雷涛向前走了一段，等待出租车路过。十分钟过去了，只有三辆车路过，都载着客人。唉，刚才的满口拒绝太轻率了。不顺路只是随口想到的理由，雷涛其实是不习惯凌志远主动地示好，不知道一路上能跟他聊些什么。或许在人际交往方面应该多向滕一鸣学学，和什么人相处都能自来熟，聊得风生水起。

再往前走走吧。他沿着街边一路往北，一直走过两个路口仍然没有车，迎面袭来的冷风一阵紧似一阵。路边的小店陆续打烊，雷涛又往前走了几百米，好容易找到一家二十四小时营业的快餐店，买了一杯热咖啡，边走边给自己增加一点热量。

身后车灯闪了几下，滴滴两声喇叭响，一辆黑色轿车紧贴着他的身体停下来。“你该不会想徒步回家吧？”黎希颖降下车窗玻璃，“夜黑风高，不宜散步哦。”

“你好像总把我当精神病。”雷涛不满地哼了一声，“我只是没想到打车这么难。”

“大半夜的，很多出租车司机都回自家热炕头窝着了。”黎希颖探身推开车门，“上来吧，我送你一程。”雷涛看看车里，没有其他人，犹豫片刻坐了上去。

“滕一鸣跑哪儿去了？你俩不是形影不离嘛。”

“他搭凌志远的车回家。”雷涛扣上安全带，“别说得那么恶心。我巴不得他离我远点，免得听他唠叨。”

“口是心非。”黎希颖笑道，“难怪你这么忧郁，原来是被抛弃了。你们最近和凌志远倒成了知己。”

“那倒没有。”雷涛拨了一下空调，“如果不是艾思源和骆曼怡的事，我们之间不会有这么多的来往。”

“你相信他能帮你找到你一直想要的答案?”黎希颖目视前方，“据我所知，凌志远和雷凡的关系不怎么好，再说他只是个普通学者，对黑道一无所知，能了解什么不得了的内情呢?”

“不知道，我不敢抱有太大的希望，只是不想放弃任何机会。之前我一直认为凌志远不是很容易相处，现在看来是错怪他了。他只是慢热的类型。”

“没想到你这么容易相信别人。”

“你这么说，是在怀疑凌志远了?”

“凌志远和柳林路的沉香应该没有关系。”黎希颖说，“否则艾思源不会把收件人设定为他。”

“所以他不会是凶手。”

“邮件只能说明艾思源在提防某个和他的存货有关的人，但不能就此推断下毒的人就是他提防的人。现在看起来，对艾思源有怨念的人不止一个，除了凶手之外，至少还包括骆曼怡。其他人也难说。”

“艾思源的U盘里收集的都是好友的把柄。骆曼怡的网店，还有伊彦华转移财产的计划，所以那些沉香木料可能也是某个人的什么把柄。他要提防的就是这个人。”

“警方还在审问今天抓住的那两个流氓。如果能找到指使他们的人，就可以知道艾思源究竟想用那些沉香暗示什么。”

“那个人未必就在我们已知的小圈子里。”雷涛知道自己这么说有狡辩的成分。

“但是给艾思源下毒的人一定就在你们中间。”

“你为什么这么肯定?”

“让艾思源中毒的是他昨天卷的三支烟中的一支。”黎希颖目视前方，“要么是有人在烟丝里掺入毒物，昨天他刚好抽到了掺毒物的那一支。要么就是有人用有毒的手卷烟换掉了他卷好的无毒烟。”

“提前放不是不可能。”雷涛说，“但是艾思源刚好在晚上没人时抽到那支烟过于凑巧了。所以还是替换的可能性最大。”

“昨晚你们到他家的时候，他的烟盒里还有一支烟。根据蒋慧回忆，昨天一早艾思源送她去机场之前卷了三支烟，抽了一支。昨天一天他没有工作，在家休息，晚上约你们去喝茶。”

“也许白天有人去了他家，换了香烟。”

“凶手的目的是杀死艾思源。与其等艾思源不知什么时候抽到毒烟，倒不如直接给他一支让他品鉴，等他毒发身亡后拿走烟盒里的一支烟，伪装成他自己发病。”

“但如果是晚上聚会时下毒……”

“在你们焚香的时候，所有人都有机会打开烟盒，换掉一支烟。前后不过几秒钟，只要动作够快，周围闭着眼睛的其他人不会注意到。现在可以排除你，滕一鸣和骆曼怡，相对于凌志远，伊彦华的嫌疑自然更大一些。”

“因为他昨晚回过现场，理由很牵强。”

“不仅如此，艾思源给凌志远发邮件时用了密码。他能想到凌志远收到邮件会被吓一跳，接下来肯定会去找一些人商量。但凌志远要找的人便是艾思源要提防的人，他不希望这个人看到真实的地址。”

“凌志远去找了伊彦华，不过他有可能也会找骆曼怡。”

“今天你们去柳林路后不久打手便赶到，很可能是有人通风报信。骆曼怡并没有看到邮件，她也不知道柳林路的地址。而伊彦华在这个时候受伤，看似意外但实际上不是意外，同样耐人寻味。”

“艾思源应该直接发邮件给警方才对，那就可以避免这么多伤亡。”

“警方每天都能接到成千上万类似的邮件。这个世界上有受迫害妄想症的人比你想象的要多得多。他们没有那么多人力物力去核实那些很可能是幻想的线索。我想艾思源并没有足够的证据提供给警方，所以为了能引起重视，他选择通过凌志远去报警，那样就可以将那批沉香和他自己的遭遇直接关联起来。”

“艾思源选择凌志远，说明凌志远对他是没有威胁的。”

“在艾思源看来是这样，但凌志远身上也有疑点。比如今天骆曼怡打给他的五个电话是想说什么？他说他睡了一下午，这个说得过去，但换个角度，在骆曼怡遇袭、艾思源遇害这段时间内，他没有明确的不在场证明。艾思源是否相信凌志远，和他是不是凶手并无关系。”

“可是到目前为止，我们没发现凌志远有谋害艾思源的动机。”雷涛说，“骆曼怡没救艾思源是怕他揭露网店的事。伊彦华有转移财产的把柄在艾思源手里。而且如果艾思源要提防的人是他，柳林路那些沉香必有来头。这些都能成为他对艾思源下手的动机。”

“嗯，如果凶手是伊彦华，大部分问题都能解释通。”黎希颖停下车等红灯。

“唉，伊彦华在医院啊。”雷涛突然意识到，“他虽说受伤不重，但跑去香道馆抓骆曼怡、找东西，再回医院去杀人，这么长的时间，不可能逃过医护人员的眼睛，更何况医院有监控。”

“伊彦华从入院以后一直在病房。”黎希颖说，“他有很明确的不在场证明。只是前前后后这么多事，如果凶手是他，那他就一定有同伙。现在只有一个问题解释不清，假设伊彦华是凶手，他的同伙在香道馆制服骆曼怡之后究竟想找什么?”

“莫非他已经知道自己的奇楠在骆曼怡手里?”雷涛想了想，“不对，一来伊彦华受伤之后躺在医院，他完全不知道艾思源家发生了什么，更没机会知道神秘访客的事，于是也就谈不上知道骆曼怡拿走了奇楠。再说，如果他真是去找奇楠，不应该只在办公室和前台乱翻，而忽略了香道教室。”

“我也觉得他想找的不可能是奇楠。”黎希颖说，“骆曼怡的香道馆里没有保险柜，每天进进出出的人不少，每个人都能想到她不会把那么值钱的东西放在那里。”

“也许他和骆曼怡之间有我们不知道的事。这件事才是伊彦华要嫁祸骆曼怡并且杀她灭口的理由。”

“你和他们相处有几个月了，没发现什么苗头？”

“说来惭愧，我完全没往这些方面想过。”

雷涛突然觉得挺窝囊。认识凌志远和这些朋友后，他一度很羡慕他们之间的友情和以香会友的交际方式。香道即人品，是这些人常挂在嘴边的话。每次想到自己的“动机不纯”，雷涛都会有点自卑，他会觉得和他们比起来自己的学识、修养都差了一截，更是难免羞愧，也想过见贤思齐，好好学习如何修炼身心，陶冶情操。没想到一夜之间风云突变，平日看起来和悦、淡泊和友善的关系，背后的真相是彼此间深深的恶意，让他思之胆寒。再美的珠玉，再优雅的香料，也无法掩饰人心的丑恶，填不满贪婪的欲壑。

“可惜啊，没有确凿的证据，动不了伊彦华。”

“知道奇楠在哪里就好了。”雷涛说，“伊彦华肯定急于找到自己的奇楠，我们如果有奇楠在手，说不定就能引蛇出洞，抓住他的小辫子。”

“这又牵扯出另一个问题，伊彦华很看重那块奇楠。他不知道骆曼怡拿走了奇楠，所以对他而言，艾思源是找到奇楠最后的线索。他会在没有任何眉目的时候就对艾思源下手吗？”

“艾思源一旦苏醒，警方马上就会盘问他。他会说出骆曼怡，也会说出伊彦华的事。伊彦华觉得还是直接弄死他保险，否则自己即使找到奇楠怕也没时间享受。再说，警方一定会设法寻找奇楠，事后他也可以高枕无忧地等着宝物被归还。”

“他倒想得周全。”

“对我们来说，这倒是个好处。骆曼怡如果真在伊彦华手里，那奇楠是保住她性命的筹码。”

“前提是她现在还活着。”黎希颖说出雷涛不敢说的话，“凶手在卷烟中下毒时就已经做好一旦情况有变——比如被发现烟头有毒——就对骆曼怡下手的准备。她能逃过这一劫的可能性很小。”

“凶手已经下定决心要杀她，为何不在香道馆动手？劫持一个大活人要费很多力气。”

“凶手必须在艾思源死后再对骆曼怡下手，如果尸检发现她的死亡时间在艾思源之前那就露馅了。还有就是她手里有凶手想要的东西。”

“所以说还有希望。”

“你这种乐观向上的心态值得钦佩。”

“你直说我很傻很天真就好了。”

“你想多了。”黎希颖看看后视镜，“我是真的希望能有你这般乐观。”

“凡事你总是往最坏的地方去想，不可能乐观起来。”

“思伟也这么说。”黎希颖笑道，“如果桌上有一杯水，他会琢磨是谁倒的水。你呢，会想尝一尝水是否好喝。滕一鸣应该会给水贴上1982年珍藏的标签，卖个好价钱。”

“那你会怎么样?”

“我会化验下，看水里是否有毒。”黎希颖说，“不过，有你们这些看到水就想喝水的人，就需要我这样怀疑水里是否有毒的人。”

“还好你不是往水里下毒的人。”

雷涛在后视镜里瞥见黎希颖眨了眨眼睛，又露出了深沉而神秘的表情。车里的温度是不是有点高？他觉得喉咙里像是有小火苗在跳动。雷涛按了一下手边的按钮，车窗打开一条小缝，新鲜的冷空气吹在他的脸上，带着一股潮湿的味道。看看窗外，月亮被一团模糊的光晕围住，几乎淹没在灰白的云朵中。

“要下雪了。”他自言自语。这个冬天一直没有下雪，只是冷得彻骨。不知道这场雪会不会如约而至，不知道它能不能给干涸的严冬带来一点滋润，不知道……雷涛不愿再去想那些“不知道”，他想保留一点希望，权当给自己的心理安慰吧。

11.异香迷梦

雪慢悠悠地下了一夜，直到被打不起精神的太阳赶走。天色一暗一明，窗外仿佛换了一个被冰激凌包裹起来的世界，只是少了一些甜蜜。北风卷起堆积在房顶、树梢、草坪上的厚厚雪渣，戏谑一般地将它们泼洒到行人身上。早起的鸟儿没找到虫，只是为了几颗草籽叽叽喳喳地争斗。

雷涛揉了揉惺忪的睡眼，推开窗想放点新鲜空气进来，不料一股冷风裹挟着细小的碎冰碴乘虚而入，激得他连打几个喷嚏。他赶紧关上推拉窗，找了一件厚绒衣套上保暖。

冰箱里有半袋速煮燕麦、一盒牛奶、五六个鸡蛋和几根香蕉。雷涛剥了一根香蕉捣碎，放进一个大号的白瓷杯里，倒入燕麦、鸡蛋和牛奶搅匀，还加了一些蜂蜜和橄榄油。他把瓷杯放进微波炉加热三分钟。铃声响起时，一股浓郁的焦香味道溢满了厨房。

刚刚出炉的香蕉烤燕麦片很烫，雷涛戴上厨用手套将它小心地放在料理台上，从橱柜里拿出装茶叶的小木盒，给自己沏了一杯茶。这是前天晚上分手时，骆曼怡赠给他的一包梅花茶。茶香依旧，却只能勾起一声叹息。

雷涛记得第一次见到骆曼怡时的情景。她跪坐在香道教室柔软的坐垫上。看着身穿青翠色曲裾袍和鸭蛋青色长裙，手里捧着一只小木箱的骆曼怡推开门缓步走进来，雷涛相信在场的所有人和自己一样，注意力在一瞬间便被眼前这个亭亭玉立的女人吸引过去。

骆曼怡没有走上讲台，而是来到桌边，双手轻轻提起裙裾向大家行礼，自报家门后端庄地坐了下来。跟着她一起进来的身穿茶色袄裙的助手将模仿线装书的“培训教材”发给大家。

简短的欢迎词后，助手退到一旁关上门。骆曼怡面带微笑地打开小木箱，把香道用具一件件地摆在面前。

“大家既然来学香道，想必已经对香有一些了解。”她挺直腰杆，“中国的香文化是一个庞大的体系。单从香料的分类看，就有五大类，数十种——其一是树脂类香，如沉香、檀香等；其二是膏脂类香，如龙涎香、麝香等；其三是花草类香，如蕙兰、蒿草等；其四是瓜果类香，如佛手瓜、柏树子等；其五是合类香，如香粉、香露。时间有限，无法一一赘述，所以今天我想单独说一说沉香。”

骆曼怡抬一下衣袖，拿起摆在麻布上的一块沉香。“沉香的称谓很多，有些来自古代典籍记载，有些是香农约定俗成的说法，有些是商人们为了吸引买家的刻意为之。”

她将香块交给学员们传看。“沉香的名称最早见于书面记载的年代有两种说法。《太平御览》引东汉杨孚《异物志》记载云：‘木蜜，名曰香树，生千岁，根本甚大，先伐僵之，四五岁乃往看，岁月久，树材恶者腐败，唯中节坚真芬芳者独在耳。’西晋嵇含在其所著《南方草木状》中记载‘交趾有蜜香树，干似柜柳，其花白而繁，其叶如橘。欲取香，伐之经年，其根干枝节，各有别色也。木心与节坚黑，沉水者为沉香’。由于杨孚所著《南裔异物志》已经失散，只能见到其他书中的转载，但大部分学者都认同‘杨孚说’。”

香块围着桌子转了一圈回到骆曼怡手中。助手适时地端来一只盛满清水的玻璃碗，骆曼怡将沉香放入水中，看它迅速沉到碗底。她告诉大家，沉香其名是因这种香料有特殊的沉水现象。在古代，只有能沉水的才能称为“沉香”。香体不太密实，半结不结的一般称为“弄水香”或者“弄水沉”。这类香料颜色为褐色，于是也有“鹧鸪斑”的称谓。而“弄水香”中油脂含量比较高，接近“沉水香”但味道有辛辣感的香一般称为“水盘头”，其中品质较好的则为“栈香”。不能沉水的，一般称为“黄熟香”。

“当然，不同时代，不同地区，对沉香的命名也有差异，不能一概而论。”

雷涛学着周围其他人的样子，翻开教材，追着骆曼怡讲述的节奏找到几段论述。

“历史上五花八门的命名方式是目前沉香市场上各种称谓混乱，容易引起歧义的原因之一。更主要的原因是香文化在历史上出现过传承的断层，很多知识和技能没有系统地保留下来。”

她打开一个装了四只檀木脚，四面刻有梅兰竹菊图案的紫铜盒子。雷涛原以为那是首饰盒或者置物盒，仔细一看才知道原来是一只深炉膛的熏香炉。

“在古代，沉香深受达官贵人偏爱。沉香的使用有多种方法，熏香就是其中一个重要的部分。”骆曼怡一边说一边打开一个贴着烫金玉兰花图案的椴木小盒子，“沉香熏香的使用方法有很多种，今天我简单地给大家演示一下焖香法。如果大家有兴趣，参加后续的课程时，我会手把手教给大家各种熏香技法。”

她拾起银香铲，在香炉中打紧的炉灰中间开了一个直至炉底的洞，将洞口的位置稍微向外开得更宽一些，用装着玳瑁手柄的小勺从椴木盒中舀起一小勺沉香粉倒入洞中，用防风打火机点燃香粉。不久，香粉开始变色，但看不到有香烟冒出来。骆曼怡又倒入一小勺香粉，静待一会儿，再继续添加，每次都比上次多放一点。过了一段时间，甜美的香气从香炉里飘了出来。

等到香粉由下而上燃至接近灰堆口的时候，骆曼怡用小勺铲起香灰小心地埋住香粉，做成一个圆锥形。她一边起灰，一边解释如何把握好最佳时机，如果起灰太早，香火会闷死在炉中；如果动作太慢，则容易出烟，香气就会大减。

待香气在屋中散开，骆曼怡合上香炉盖，整理了一下衣袖，把话题引到香文化上。“中国的香文化，不单单是闻闻沉香的味道。”她合上香粉盒的盖子，“它的精髓在于在礼仪、宗教、医疗、社交、居家生活、个人陶冶情操等不同的情境中，用不同的香具让不同的香料发散出不同的香气，是一门综合性的艺术，具有修身养性的功能。”

面对众人专注的目光，骆曼怡侃侃而谈，说起香文化，她似乎总有道不尽的话题。她谈到中国用香的历史可追溯到上古时期，那时的先民已用植物香料熏香，以抗击蚊虫和瘟疫的袭扰。

春秋战国时期，人们已经广泛地取用香木和香草，这在诗词歌赋中有所体现。比如，屈原在《离骚》中就有诸如“扈江离与辟芷兮，纫秋兰以为佩”“朝饮木兰之坠露兮，夕餐秋菊之落英”之类和香料有关的词句。

到了秦汉时期，国家统一和领土扩张使得南方湿热地区出产的香料逐渐进入中土腹地，与此同时，东南亚、南亚及欧洲的许多香料也传入了中国。苏合香、鸡舌香、沉香、木香等在汉代时都已成为王公贵族的炉中佳品。道家思想在汉代的盛行以及佛教传入中国，也在一定程度上推动了香文化的发展。魏晋南北朝时，熏香在上层社会已经极为普遍。

隋唐时期，繁荣的内外贸易使得西域的大批香料通过丝绸之路源源不断地运到中国。而且，随着造船技术和航海技术的提高，唐中期以后，南方的“海上丝绸之路”开始兴旺发达起来，从而又有大量的香料经两广、福建进入北方。香料贸易的繁荣，使唐朝出现了许多专门经营香品的商人。当时香道之类的活动尚未渗透入民间，依然只是贵族阶层的高雅趣味，但隋唐时期是公认的香道文化发展中的一个承前启后的高峰。

在唐代，对香品的用途有了完备细致的分类：厅堂、卧室、书房各有不同的香炉，使用的香料品种也绝不相同。在唐代的香道用具中，熏炉的制式也发生了新的变化，由浅膛、直接点燃草木香料的焚香炉，向可以“隔火熏香”的深膛香炉演变。唐代的发展对香道文化的普及起了推动的作用。

进入宋代之后，用香逐渐成为普通百姓日常生活的一部分。从宋代的史书到明清小说的描述里都可以看到对用香的描写。宋代之后，熏香的方法开始流行起来。到了元明清时期，坊间则开始更喜欢使用香炉、香盒、香瓶、烛台等搭配在一起的组合香具。经历数百年的发展演变，香不单单是芳香之物，它已成为人们生活中必不可少的一部分，不仅可以治疗疾病，还具有陶冶情操的意义。

明朝时，线香开始广泛使用，并且形成了成熟的制作技术。关于香的典籍种类更多，尤其著名的是周嘉胄所撰的《香乘》。李时珍的《本草纲目》中不仅论述了香的使用，而且记载了许多制香方法。其中，使用白芷、甘松、独活、丁香、藿香、角茴香、大黄、黄芩、柏木等为香末，加入“榆皮面做糊和剂”，可以做香“成条如线”。这记载是现存最早的关于线香的文字记录。

明朝宣德年间，宣宗皇帝还亲自督办，差遣技艺高超的工匠，利用暹罗进贡的几万斤黄铜，另加入国库的大量金银珠宝一并精工冶炼，制造了一批盖世绝伦的铜制香炉，这就是成为后世传奇的“宣德炉”。“宣德炉”所具有的种种奇美特质，即使以现在的冶炼技术也难以复现。

庙堂如此，民间亦在效仿。当时，在传统节日用香已经成为民俗的一部分。例如每逢七夕，各地便要用檀香或沉香制成线香，每十支一束裹好，称作裹头香，以无数包裹头香搭建成牛郎织女相会的“香桥”燃香，传说可以香飘十里。家家户户要摆设香案祭拜“织女”和“魁星”，女子们在月光之下于香案摆上各种瓜果祭品，并供奉插花。七夕是展示女儿们插花、女红手艺的日子，敬香祈祷的祭香多为民间吉瑞香品，常以檀、松、柏、清香叶一类香材制成。女子们亲手缝制刺绣的香囊中，檀香、肉桂、沉香都是热门香料。

拜织女当天，女孩们要斋戒，用新开的桂花泡水洗浴，洗发的汤水、洗发油中也加入了沉香、檀香、龙涎香等名贵香料，称为“十香油”，能使头发光亮馨香。她们祭祀时穿的衣服则是头天晚上在“熏笼”上用玫瑰、栀子花、茉莉、丁香等香料制成的香饼提前熏好，穿在身上芳香沁鼻，举手投足流香四溢。

清代，香文化的发展进入最后的高潮。对香料的认识以及香炉制造工艺都有了巨大的发展。在清宫医药档案中，慈禧、光绪御用的香发方、香皂方、香浴方等更是内容丰富。可见香曾在人们生活中扮演着极其重要的角色，从王侯将相与后宫嫔妃，到文人墨客和寻常百姓，乃至佛法僧道，无不与香为伴，对其推崇有加。

“只可惜晚清之后，国家饱受内忧外患的折磨，经济民生凋敝不堪。需要经济基础，也需要闲情雅致才能精研的香文化也由此衰落。”骆曼怡接过助手默默呈上的茶水，“所以说，我们这些人应该庆幸自己生于和平繁荣的盛世，能有足够的精力来追寻和研究祖先留下的文化遗产。”

说到这里，她的语调中有几分特意的悲怆，面色微红。香道教室里响起了掌声。雷涛被热烈的气氛感染，忍不住配合着众人的节奏拍手。骆曼怡的脸上浮出一缕羞涩，轻轻颔首向大家致谢。

人生若只如初见，何事秋风悲画扇，雷涛回味着曾经让自己深受感动的那一幕，想到今时今日骆曼怡可能已经遭遇毒手，心里很不是滋味。如果当初她没有开网店卖假货，是不是能避开这一劫？雷涛想不明白的是，骆曼怡为什么要做假货生意。她家里并不缺钱。艾思源几次三番想和她合伙做生意，她也不缺筹钱的机会。这里面会不会有别的原因？

即便面对残忍的现实，他还是不太愿意相信她是个肆无忌惮的骗子，那种清高、典雅的气质和那些学识，都只是骗钱的把戏。雷涛更愿意相信骆曼怡不是那样的人，她即使做了错事，一定也会有什么苦衷。如果和黎希颖说这些，她一定会笑自己掩耳盗铃，不愿意去触碰人心的黑暗面。

叮叮咣咣的砸门声打断他的思索。“你不会按门铃吗？”他打开门，给滕一鸣找了一双拖鞋。

“你那门铃声跟蚊子叫似的，我怕你还没睡醒听不见。”滕一鸣耸耸鼻子，扭头进了厨房。雷涛来不及阻拦，只得悻悻地看着他抓起一只瓷勺，将温度刚刚好的香蕉烤燕麦塞进嘴里。“王阿姨你认得吧？她老公是卖工程机械的。”

“王阿姨谁不认识。”雷涛点头，“怎么了？她不会是对上次买的镯子不满意吧？”

王阿姨一直照顾店里的生意，只是不大好伺候，价格亲民的，她嫌弃档次不够，档次高的，她又觉得贵，档次价格都合适的，又常常遇到“不知道怎么搭配合适”的烦恼。不过挑拣归挑拣，阿姨每年在店里的消费都不少，有时候雷涛觉得她其实是想多找年轻人聊聊天，哪怕是抬杠斗嘴，也比一个人闷在家里和两条狗做伴有意思。偏巧滕一鸣擅长和顾客聊天，所以她有事没事常会去转转。

“王阿姨要给咱介绍两个客人。”滕一鸣继续往嘴里塞食物，“她还想给她闺女买个好一点的挂件。我们约好十点见面，你要不要一起？”

“好啊。”雷涛看表，“现在才八点，我想先顺路去医院看看伊彦华。”他懒得再做一杯早餐，打算路上买点快餐对付一下。

“换件衣服嘛，再刮刮胡子。”滕一鸣用手背抹嘴，“你这扮相太土太随意，看起来老了好几岁。”

“做生意又不是相亲……”雷涛突然意识到他的眼神不对，

“我说，你别是打什么歪主意吧？”

“我跟你说，王阿姨的闺女今年研究生毕业，在银行工作。我见过她一次，谈不上漂亮，但挺顺眼，脾气也挺好。而王阿姨说了，她闺女做菜的手艺特别好，还会弹钢琴呢。这能算德艺双馨了啊。”

“别逮住个词就乱用。”雷涛哭笑不得，“反正你喜欢就行嘛。你们打算什么时候领证？”

“跟你说正事，净胡扯。”滕一鸣不满，“我们岁数差距大了点，但是我觉得你……”

“打住！”雷涛做了个暂停的动作，“你操心自己就行，别把我扯进去。”

“狗咬吕洞宾。”滕一鸣撇嘴，“不愿意拉倒。但是别怪兄弟没提醒你，居家过日子，聪明漂亮未必有多重要。再者说，有些人呢，你偷偷想想就行了，千万别动真格，不然死都不知道自己怎么死的。”

“走吧，情感专家。”雷涛假装没听懂他说什么，拿起羽绒服，推着滕一鸣出了家门。

路上的积雪被来往的车辆碾压成一片灰黑色的泥泞。淡淡的雾气中，车子排成长龙，滕一鸣打开雾灯，小心翼翼地前进。他今年春天才拿到驾照，买车没几个月，第一次遇到下雪天心里总是没底。他两眼直直地盯着前方，好像焦虑的目光可以赶走一切迷雾。

“你什么时候去取的车？”雷涛想找点话题帮他放松。

“我今天五点多就醒了。”滕一鸣攥紧方向盘，“家里暖气太热，翻来覆去睡不着，干脆起床去取车，然后就直奔你家了。哎哟我去！这么小的空当这孙子也敢插，找死啊！”看着前方一辆银色小客车在几条车道上不停地钻空子，本就紧张的他气不打一处来。

“你开你的，别搭理他。”

天气预报广播说午后还会有一场降雪，但恶劣的天气并没有替医院降低人流密度。一大早，地下停车场就已经被占满，滕一鸣绕了一大圈，才在隔壁的小区里找到一个收费停车位。

住院楼大厅排满办手续的家属。楼上的病房里，伊彦华头缠纱布在收拾床铺，把护士送来的药物一件件放进帆布袋里。见雷涛他们进门，他想表现出惊喜的样子，但是发黄的脸色让他的笑容显得非常死板。

“伊老师打算出院吗？”雷涛例行客套了几句。

“有好多病人等床位呢。”伊彦华坐在床沿上，“医生催我回家休养。我弟弟去楼下办手续了。”

“昨天真是吓坏了我。”雷涛做怜惜状，“到底出什么事了？”

“我也不大清楚。”伊彦华摸摸头上的纱布，“中午吃饭时一个客户打电话说急着想要一批货。我回库房去取货，就觉得脚下一空……醒来就被送到这里了。哦，对了，我听说老艾被人捅了一刀。”他努力睁大眯缝眼。

“出事的不仅是老艾。”雷涛刚想用骆曼怡的失踪试探一下他的反应，未及开口，病房门咚的一声被大力推开，一个大红色的身影冲了进来。

雷涛觉得眼前这个满脸怒气的中年妇女看起来非常眼熟。她五十岁上下的年纪，个子不高，体态消瘦，肤色黝黑，高高的颧骨、细眉小眼和一张涂着玫瑰色口红的大嘴显得不怎么协调。在哪里见过她……啊，想起来了，伊彦华的办公桌上有和她的合影。那么这个妇人应该是他的太太杨娅宏。听凌志远提起过，她是中学数学老师，曾经是伊彦华的同事。

“你来干什么？”伊彦华对妻子的出场颇为诧异。

“我早上去了你的办公室。”杨娅宏从手提包里拿出一卷皱巴巴的纸摔在伊彦华的脸上，“你给我看的账目原来都是假账。店铺亏损什么的都是放屁。”

“你敢去翻我的办公桌！”伊彦华顿时气得七窍生烟，腾地站了起来，一时头晕目眩险些摔倒。

“伊老师你小心。”雷涛赶紧上前扶他坐下。

“两位，都消消气哈。”滕一鸣满脸堆笑，“大姐，别急，有话好好说。”他朝雷涛使了个眼色。

“你们聊，我们就不打扰了。”雷涛会意，朝伊彦华挥手道别，“伊老师您注意休息，我们过两天再去看您。”两人退出了病房，隔着房门侧耳细听。

“不看不知道。”杨娅宏尖声道，“伊彦华，我和你结婚二十多年，没做过一件对不起你的事，尽心尽力照顾一家老小。你如果有良心就好好摸摸，问问自己干的是不是人事。”

“你少装贤良淑德。”伊彦华语带讥讽，“二十多年，你在家里做过几顿饭？天天点外卖，一个月不扫一次地，你也敢说尽力照顾一家老小。还有啊，你真以为我不知道你和化学教研室的王子宏的那点破事？"

"你别血口喷人。"杨娅宏怒道。

"是真是假你心里清楚。"伊彦华刻薄地说，"我虽然已经不在学校，但我不是聋子。王子宏今年夏天刚和老婆分手，你转天就闹着要和我离婚。我看你是一分钟都等不及了。"

"哼，你有证据吗？"杨娅宏冷笑三声，"我告诉你，伊彦华，我手里可有证据。你和那个张老板之间的事，我一清二楚。"

"你什么意思！"伊彦华一惊，"他是我原来的学生，我们只是合伙进货。"

"行了别装了。咱们当年都在高中部。你教过的学生我基本上都教过。我就不记得有这么一个人。"杨娅宏得意地说，"我早就发现你们鬼鬼祟祟不对劲。那天你大晚上跑出家门说是去见客户，我就悄悄跟着。"

"你……"

"我看见你在店门口和他碰面，上了他的车。"雷涛从门缝里看见杨娅宏从皮包里拿出一个U盘，"你最好少耍鬼心眼。不然我把这个交给警察，别说什么店铺、收藏，你怕是连自由都没得留。"

"你想怎么样？"伊彦华明显慌了神。

"我早就告诉过你我想怎么样。"杨娅宏收起U盘，"你好好考虑清楚你自己想怎么样吧。夫妻一场，我也不想让你太难看。"她扭头大步走出病房。雷涛拉着滕一鸣快速躲到墙角。所幸杨娅宏满腹怨气，没顾上看周围的人，径直走向电梯。

雷涛他们跟了上去，混在人群中挤进轿厢里。电梯发出滴滴的超载预警，滕一鸣识趣地退了出来，跑向楼梯间。

12. 空屋疑云

一口气跑到一楼，滕一鸣气喘吁吁地来到电梯间，看见杨娅宏在人群的包围中走出电梯，低着头匆匆地穿过大厅走向楼门。雷涛跟在所有人的后面，最后一个走出轿厢，脸上带着如释重负的表情。

“怎么样?”滕一鸣问。

雷涛笑了笑，摊开手掌。“走吧，找个地方看看这里面到底有什么，让伊彦华紧张成那样。”

医院斜对面的一家粥店生意兴隆，已经过了早餐的用餐高峰期，外卖窗口前手端保温桶的人们仍然排着长队。大堂里倒是有几张空桌子。雷涛喊了三遍，一个身穿油腻围裙的服务员才不紧不慢地上来收拾桌上的脏碗碟。又等了五分钟左右，她拿着菜单转回来，一声不吭地站在桌边用犀利的眼神示意雷涛可以点餐了。

雷涛要了一碗贴着“店长推荐”标签的皮蛋烧鸭粥和一份虾饺。

“一共三十五元，只收现金。”服务员机械地说。

雷涛掏出口袋里的零钱付账。待服务员离开，他拿出平板电脑，插上转接头，打开了杨娅宏的U盘。

U盘里有两个视频文件。第一段视频时长超过五十分钟，一看就知道是行车记录仪拍摄的。视频一开始，从镜头里可以看见路灯下“惟馨堂”的招牌，两个人走出店门，左右看看，钻进了一辆停在路边的轿车。因为是晚上，只能勉强借着路灯的光线分辨个子矮一些的是伊彦华，另一个男人身材瘦高，但看不清面部特征。

车子启动后一路向东行驶，过了几个路口折向城市的东北方向。雷涛拖着快进条，看到大约往前开了四十分钟左右后，银灰色轿车离开市区，驶下高速路，转上乡镇的公路。杨娅宏一路远远跟着他们，一直看见轿车开进了镇上的一个村庄，拐进一座小院。

第二段视频是用手机偷拍的，但因为光线不足十分模糊，只能看见院子里有一辆车，三个人影晃来晃去，好像在搬运什么东西，有一个很像伊彦华的声音催促“小心一点”“加快速度”。过了大约五六分钟，那些人一起进了屋子，视频就此结束。

“看不清和他在一起的都是什么人。”滕一鸣说，“伊彦华鬼鬼祟祟的，是在搞什么地下活动?”

服务员端来盛在塑料碗碟中的餐点。雷涛拿起勺子搅着热气腾腾的粥，又拖着进度条回顾第一段视频。一个镜头闪过，他按下暂停，拖回去又看了一遍。镜头中，先出现了一个加油站，几秒钟后视野中出现了一块路牌。

雷涛觉得路牌上的“昌南庄”似曾相识。他上网搜索了一下这个地址，出现在网页最上端的十几条消息都和昨天电视上滚动播出的交通逃逸案有关。秦思伟说过，出现在柳林路艾思源住宅中的两个打手身上有和死者相同的文身。伊彦华和他们冥冥之中竟然有了一条隐约的纽带。

“粥都凉了。”滕一鸣把勺子塞在他手里，“你在琢磨啥？”

“视频中这个地方究竟有什么玄机，让杨娅宏可以拿来威胁伊彦华？”雷涛往嘴里舀了几勺粥，吃了两个虾饺。

“跟警察打声招呼？”

“还是先搞清楚再告诉他们比较好。”

“喏，拿去。”滕一鸣把车钥匙推到他面前。

“啊？”雷涛摸不到头脑。

“你肯定是想照着视频里的路线找过去。”滕一鸣说，“这鬼天气，还是开车去探路比较好。”

“那你……”

“这附近有地铁站。我坐地铁去店里大概四十分钟就够，还不会堵车。”

雷涛感到眼眶发热。兄弟如手足，别看滕一鸣平日里不拘小节，时常以打趣他为乐，但当雷涛遇到需要人帮一把的时候，只有他会义无反顾，就算嘴上抱怨或者唱反调，其实不管是出力还是出钱从没含糊过。想起自己平日没怎么帮忙照顾生意，反而隔三岔五自寻烦恼拖着滕一鸣下水，雷涛心有惭愧，不禁汗颜。

“行了，别含情脉脉看着人家。”滕一鸣故意夸张地捂脸做一个娇羞的表情，“大庭广众的，多不好意思。”

雷涛被喉咙里的粥呛到，抓了张餐巾纸捂嘴挡住咳嗽。“吃饭呢，别说那么恶心的事！”

“不解风情，难怪梦中情人都不正眼瞧你。”滕一鸣随时不忘挤对雷涛失败的单相思，“我得去店里准备货物迎接王阿姨莅临指导。我有预感，今天一定能大赚一笔，明年春节之前不用开张了，说不定还能挤出咱俩出去旅游一趟的机票钱。”

吃完早餐，雷涛开车上路。雪天路滑，雾气昭昭，如果没有导航软件他肯定会错过好几个转向的路口。昌南庄位于城市东北的近郊，下了高速之后，车窗外的高层建筑渐少，被白雪覆盖的大棚和温室多了起来。十几分钟后，熟悉的加油站出现在左前方，几十米外的高大路牌在雾气中只能看清轮廓。

是在这个路口左拐吧。雷涛驶上村子里的柏油路，打开架在挡风玻璃前的平板电脑，继续放慢车速，寻找视频中的院落。白天的村庄和夜晚看起来不大一样，雾气弥漫增加了辨识的困难程度。在一个卖烟酒杂货的小铺前，雷涛停下车，对照着定格的画面认真地看了几遍街对面的铁门。

他下车走到门前，发现铁门并没有上锁。从门缝里可以窥见院子里停着一辆小面包车，两间平房里看不出有没有人。

“你找谁啊？”杂货铺里走出一位老大爷，警惕地盯着雷涛。

“那个……我和张老板约好的，过来取货。”雷涛信口诌道，“他好像不在啊。”

“哦，找张老板。”大爷放松了一些，“他应该在吧，昨晚挺晚了，我看院子里的灯还亮着，应该有人。”大爷走进院子，喊了两声，没人回应。“唉，他的车不在。”

“这辆车不是张老板的?”雷涛注意到面包车的后门敞开着，透过布满雨雪痕迹的玻璃可以看见车钥匙插在点火器上。他摸摸口袋，掏出一盒香烟递给大爷。

“他开小轿车，这个……好像是运货用的。”大爷接过烟，点燃一支吸了几口，将烟盒递回给他。雷涛不吸烟，随身带着几盒价格昂贵的香烟就是为了应付人情世故。他推让一番，示意大爷留下香烟。大爷不好意思地将烟盒装进口袋，态度变得更加温和。“你也是做药材生意的?以前没见过你。”

“是伊老师介绍我认识张老板的。”雷涛观察大爷的表情，发现他对伊彦华的称谓没有反应，“我们刚开始合作。张老板平时住在这里吗?”

“没有，没有。”大爷摆手，“他租了我的这个院子当库房用的。平时很少见他过来，他有时候晚上会开车带几个人来，装上货就走了。所以昨晚看院子里一直亮着灯，我还奇怪来着。他既然约了你，估计只是临时有事离开一下。”

“哦，那我就在这里等他吧。”雷涛谢过大爷，婉拒了去他店里喝杯热茶的好意。

院子里寒意逼人，雷涛戴着双层皮手套仍然感到手指尖被冻得生疼。他探头看了看小面包车厢，里面除了地板上几条明显的拖拽痕迹，就只有一根大号的棒球棍。球棍的一头沾着一些黑乎乎的东西，雷涛分辨不出那是不是血迹，怕破坏了现场，没敢动它。

两间平房是相通的套间。外间的圆桌上站着五六个啤酒瓶，还有泡椒凤爪、盐水豆干、卤鸡蛋、酱香猪蹄的包装袋子，一包没吃完的花生躺在堆成小山的花生壳、瓜子皮上。烟灰缸里有一摊发出酸味的液体，上面漂着烟灰和两个烟头。桌下的垃圾桶里有一个碎酒瓶和十几个烟头。

推门走进里屋，他一眼便看到放在墙边一个肮脏的大号床垫上揉成一团的宽胶带，胶带上粘着几根黑色的长发。床垫下露出一角沾满污渍的月白色绸布，雷涛把它拽出来，发现是撕裂的一块巴掌大的残片，绸布上的海棠花图案让他想起了骆曼怡的衣裙。

她确实来过这里，现在又在哪里呢？雷涛站起身环顾四周，发现门后躺着一个裹满灰尘的手袋。这是一只手工制作的牛皮包，细长的包袋被扯断了，装饰在拉链旁的皮质流苏也断了几根。没错，是骆曼怡随身的皮包。雷涛激动地捡起它，把里面的东西倒在床垫上，钱包里的身份证、钱和信用卡都在，两串挂着沉香挂饰的钥匙，手绣小化妆包里装着口红、粉盒和面巾纸，手机没电了没法开机，这些东西对劫匪来说显然没什么用处，所以便随手丢在一边。

等一下，包的里侧鼓起来一块。雷涛伸手摸了摸，发现内衬里带着一个夹层。又一把钥匙，看着像是开防盗门用的，放在夹层里是因为它很重要，还是怕被别人轻易看到？和钥匙藏在一起的还有一张物业便民卡，地址是六里桥北里一带的一个小区。名片背面印着物业经理、值班室和水电气暖等维修部门的电话。

雷涛用手机拍下便民卡上的地址，将它和钥匙一起放回原处。骆曼怡果然还有另外一个住处，不知道警方查到了没有，也不知道被她拿走的奇楠会不会就存在那里。

神秘的张老板究竟是什么人？他的“药材生意”一定暗藏了什么奥妙。听杂货铺大爷的说法，昨晚张老板在这个地方，那么绑走骆曼怡的人十有八九就是这个家伙。他们想从她身上得到什么呢？绑走骆曼怡的人拿走了她的电脑，在这里没看到电脑的踪迹。但如果他们感兴趣的只是电脑里的资料，就没必要费力绑架骆曼怡。又是什么原因，让张老板将她匆匆转移。该不会……雷涛心中一沉，千万不要……

他迅速将屋里的物品复原，到院子里给秦思伟打电话报信。安全起见，雷涛没有在院子里等待，而是去对门的杂货铺买了一包紫皮花生米，有一搭没一搭地和正在喝茶看电视的靳大爷聊天。

“张老板还没回来？”大爷给他倒了杯茉莉花茶，“你给他打电话嘛。”

“电话占线。”雷涛说，“屋门和院门都没锁，肯定没走远。”坐在暖气边，半杯热茶下肚，他觉得手脚不再那么僵硬。“大爷，这一带地段不错啊，离公路近，村里还有出租的房子吗？”雷涛撕开花生米的包装袋，抓了一小把给大爷。

“哎呀，现在恐怕没有了。”大爷找了张报纸放花生皮，“你要是真想租，我可以帮你打听。”

“我也不需要太大的房子，存点药材就行。”雷涛捻着花生皮继续问道，“这里治安还好吧？要是没大问题我不打算专门雇人看库房了。”

“治安好得很，没出过什么事。”大爷拍着胸脯，“不信你问张老板。他租我房子两年多了，从没出过问题。”

“那我就放心了。”

电视上热闹的广告时段结束，开始播报新闻。大爷拿起遥控器换台，找到戏曲频道。“现在的新闻都没啥好消息，还不如听戏。”他跟着胡琴的旋律轻轻晃着脑袋，美滋滋地端起茶杯。

“对了，说起来前几天我看新闻还提到咱们这里。”雷涛拿起茶壶帮大爷添茶，“好像是发生交通事故死了人，司机跑了。”

“啊，那个人被撞的地方离我们村口不远。”大爷抬手指了指屋外，“半夜四点多，路过的大车司机停车解手，被尸体绊了个狗吃屎，吓得屁滚尿流地跑进村子里求救。我这不是住村口附近嘛，被他们吵醒了。后来警车来了，吱吱哇哇地打着警笛，折腾到天亮才算散了。”

“死者是附近的村民吗？”

“不是，警察拿了照片在附近转了三天，没人认得那人。”大爷嚼着花生米，“啧啧，年纪不大怪可惜的。到现在好像都没查清呢。”

“大冬天的，一个人半夜跑到公路上是要干什么呢？”

“谁知道啊。”大爷说，“那天我叫了几个村里的小伙子，溜溜地在路边守了快一个小时才把警察等来。回来刚打了一盆热水想泡泡脚接着睡，张老板又来敲门。”

“张老板当时也在村里？”

“哦，他是带一个朋友来取货的。”大爷说，“他们开车到村口看见那么多警车吓了一跳，找我打听出了什么事。”

“早上五点多取货啊。”雷涛好奇，“起得好早。”

“是啊，我当时也觉得奇怪。张老板说他们要把那批货送到唐山去，对方催得急，只好一早上路。”

“唉，做生意也不容易。”

“谁说不是哪。”

陪着大爷听了一个多小时的京剧《杨家将》，熟悉了故事情节、人物关系和唱念做打的各种精妙之处，了解了身段、步法的好坏优劣之分，雷涛透过窗户看到警车时明白了望眼欲穿是怎样一种煎熬的处境。

“租这院子的张老板肯定和伊彦华有一腿。”他带着秦思伟去看里屋遗落的衣物，“你能不能派人先把伊彦华抓起来？不知道姓张的到底是什么人，现在骆曼怡的下落只能问伊彦华。”

“晚了。”秦思伟招呼戴着头套、手套，穿着鞋套的技术员进屋取证，“骆曼怡失踪，艾思源遇害，伊彦华的嫌疑最大，可惜没证据不能动他。昨晚开始我就安排了便衣警员暗中钉住他，观察他的举动。”

“那正好啊，现在把他扣住。”雷涛不明白他为什么说晚了。

“今天一早你和滕一鸣离开医院后，伊彦华的弟弟伊彦斌将他接回家休养。”秦思伟说，“我们的警员就在楼下蹲守。接到你的电话之后，我带了几个人过来，安排了另一路人去伊彦华家，打算先把他拉到局里问话，控制起来。”

“好主意啊。”雷涛更糊涂了。

“刚刚接到消息。他们赶到伊彦华家，没有找到他，在卧室发现了被捆绑起来的杨娅宏。”

“啊？那是怎么搞的？”

“伊彦斌把他哥哥送到家就去上班了。”秦思伟说，“大概一个小时前，杨娅宏急匆匆到访，上楼没坐多久又急匆匆跑出来开车走了。值班的警员知道他们正在闹离婚，以为两口子又吵起来了，就没在意。”

“难道跑出去的……”

“伊彦华应该已经发现有人盯梢，回家后就在做逃跑的打算。杨娅宏发现U盘不见了，不会怀疑到你头上，而是认定伊彦华在捣鬼，于是上门兴师问罪。伊彦华抓住了这个机会偷梁换柱，穿戴上杨娅宏的衣帽离开。”

“杨娅宏没事吧？”

“受了点惊吓和皮外伤。我已经发了通告寻找伊彦华的下落。现在看来，他很可能是去联络这位‘张老板’了。”

他们退到院子里，被警察搞糊涂的靳大爷战战兢兢立在寒风中，问他们张老板是不是犯了什么事。

“跟我可没有关系啊。”大爷急得跺脚，“我只是租房子给他。哎哟，可把我害死了。这个张老板！平时看他神神秘秘的总是半夜活动，说是租库房，结果屋子一直空着大半个，就不像正经生意人。”

不正经您还租房子给他？这马后炮放得震天响哎。雷涛话到嘴边又咽了回去。大爷继续惆怅，说租约年底到期了，本可以涨价的，这下被警察一锅端，其他商人听说肯定怕沾上晦气，别说涨价，能不能再找到下家都难说。真是造孽，坑谁不好坑自己这个老头子。

“大爷您别担心。”秦思伟和颜悦色，“您要是提供有用的线索，帮我们抓住这伙人，我们会给您奖励的。”

“真的有奖励？”大爷眼睛一亮。

“当然是真的。”秦思伟安慰他，“你们老一辈比我们年轻人细心，您早就发现姓张的有问题，平时一定对他留意提防。他租房时您一定让他留了身份证什么的，对吧？”

“当然留了，我复印了他的身份证和合同放在一起。”大爷露出几分得意的神色，“还有他公司的那个执照，也让他给我留了一份复印件，锁在家里的柜子里，就是怕出这种事。”

“麻烦你回家帮我们找一找吧。”秦思伟安排了两个警员陪大爷同去。

“姓张的不会留真的证件。”雷涛提醒他。

“当然不会，但复印件上可能留着他的指纹。”秦思伟拿出手机，打开一张照片对照小面包车的车牌，“没错，就是这辆车。这就是交通肇事案的死者贺立的车。”

“你们终于查到他的身份了。”

“在柳林路抓住的两个混混——杜德明和杜德庆认出了他。”

杜德明和贺立是姑表亲的兄弟，从小又是邻居，是一起玩大的铁哥们。杜德明初中毕业后一直没有稳定的工作，家里找关系托门路给他寻了几次差事，但他每次都干不长，不是因为喝酒旷工被辞退就是因为打架斗殴被开除，还有几次是偷鸡摸狗被工厂抓住，家里人哭着喊着求了半晌，老板才同意不报警，让他灰溜溜地卷铺盖滚蛋。一来二去，家里也懒得管他了。他就吃着爹妈的低保，有今天没明天地到处打打零工，混到四十来岁也没娶到媳妇。如果手头紧得厉害，杜德明也会干些“来钱快”的勾当，但都是小打小闹，没出过大篓子。

贺立比杜德明小三岁，曾经开过出租车，因为被投诉多次挨了队长的教训，心里不服的他拉来堂哥替自己出气，结果就是丢了工作还倾家荡产，赔了人家一大笔钱，这才没留下案底。之后，贺立借钱买了辆二手的小面包车开始跑个体运输，收入不多，但好歹能养活老婆孩子。

大约在两年前，贺立的手头明显宽裕起来。一次喝酒聊天时，他告诉杜德明自己认识了一个大老板，长期包租他的小面包车跑长途，大约两三个月跑一次，每次能赚不少。没过多久，他便介绍表哥给张老板认识，因为张老板的一批货出了点“毛病”，需要找人“平事”。

所谓的平事其实就是靠拳头说话，替老板拿回几箱被路霸扣下的货物。杜德明拉上了一直跟着自己厮混的叔伯兄弟杜德庆同去，事成后张老板付了他们一笔钱，还请他们喝酒。杜德明生平第一次在挂着星星的饭店吃饭，喝到了传说中的威士忌，对面前这个比自己还年轻几岁的张老板自当刮目相看。自此，他们偶尔替张老板做一些跑腿或者黑吃黑的事，但杜德明并不知道张老板做的是哪路生意，怕得罪了财神爷也没敢多问，只是在和贺立喝酒时听他提过一句“从广西进口名贵药材”。

“杜德明说他好几天没见到贺立了。”秦思伟说，“我觉得他没说谎，因为看到死去的贺立的照片时他吓得情绪险些失控。”

“贺立真的是死于车祸吗？”

“昨晚法医复检了尸体，他的致命伤确实是车祸造成的。”秦思伟戴上手套，捡起面包车里的棒球棍，“但是贺立的头部和后背都有棍棒打击的伤痕，也许这就是凶器。值得高兴的是，我们确定了他的身份，交通队也已经发现了肇事车辆的一些线索，还在进一步排查中。”

“那天到底发生了什么呢？”雷涛心里的几个问号解开了，却又默默添了几个新的疑惑，“杜德明和他表弟去柳林路是张老板指使的？”

“没错。”秦思伟点头，“根据杜德庆的交代，昨天上午他刚起床，杜德明就跑到家里找他。张老板让他们去一趟柳林路，帮他拿一批货。杜德明回忆，当时张老板的声音听起来特别着急，催促他们赶紧动身，而且一再强调不管遇到什么人都不要生事，只管把货物拿走就好。”

“果然是伊彦华出卖了我们。”雷涛怒从心起，“姓张的是他的同伙，所谓名贵药材是个幌子，他们倒卖的是沉香而且来路肯定不正，没准是境外走私进来的。张老板负责组织货源，雇了贺立跑运输，运进来的沉香就由伊彦华负责售卖。”

“嗯，这件事被艾思源发现了，但他还不清楚伊彦华是怎么将那批货弄到手的。艾思源发暗号给凌志远，就是怕被伊彦华看到他藏匿沉香的地点。伊彦华没想到你们破解了暗号，于是他赶忙联络张老板试图夺回沉香。”

“这么说，伊彦华受伤就是他自导自演的一出苦肉计。”雷涛说，“他知道一旦柳林路的沉香被抢走，我们就得报警，作为知情人他难免被怀疑，干脆让自己成为受害人。这样一来，他用毒烟谋害艾思源不成，在医院杀人灭口的动机就说得通了。伊彦华因为受伤有了不在场证明，动手绑架骆曼怡并且化装成她的样子谋杀艾思源的就是张老板。”

“他们早就选定了骆曼怡做替罪羊。只是不清楚张老板在香道馆是要找什么。”秦思伟的眉间挤出“川”字，“今天一早，贵州警方找到了正在上课的曹淑颜。她承认自己开了一个网店，出售表姐骆曼怡提供的沉香制品，收入两人分成。但是曹淑颜坚持她并不清楚骆曼怡给她的货物是真是假，而且半年前她到山区支教，没能力继续打理网店，所以经营的事就全拜托给了骆曼怡。”

“不管曹淑颜的话是真是假，骆曼怡卖假货是确定无疑的。也许正因为这件事，她和伊彦华之间有什么不为人知的关联。”

“找到这两个人之前，一切都是未知数。”秦思伟说，“警犬队一会儿就到，对周边展开搜索，不知能否找到骆曼怡的踪迹。”

“我就不在这里添乱了。”雷涛趁机告辞。

车开出村子上了公路，他在导航仪上输入骆曼怡藏在皮包夹层里那张名片上的小区地址。警方没有查到骆曼怡和她的家人在市内购买或者租赁了其他房子。她的丈夫张欧也一再坚持妻子不可能有其他的住所用来藏匿偷走的奇楠。名片上的地址必定隐藏着什么秘密，说不定和骆曼怡与伊彦华之间的恩怨有关。只是要找到一套房子，只有小区的地址远远不够，但现在管不了许多，走一步算一步，先去试试再说。

13. 影子情人

四十分钟后，雷涛站在小区门口的花坛边，看着眼前七八栋拔地而起的高楼发出了一声叹息。如果是在乡村或者小城市，拉一个带着孙子晒太阳的大妈聊聊天也许就能问出个所以然，但是在大城市里，邻里之间没那么多的交集，人们早已对住了一辈子谁也不认识谁习以为常。骆曼怡平时也不大可能长期住在这里，虽说她的穿着打扮很有特点，但能记清具体房间号的人恐怕也没有几个。再者说，如今人们天天在媒体上看到骗子套近乎的新闻，大家的戒备心理都很强，遇到问东问西的陌生人难免起疑，别问不出消息再把保安招来，那可就不妙了。

这可如何是好？雷涛失望地伫立在一棵叶子几乎掉光的槐树下，伸手遮住刺向眼睛的阳光，看着那一片片几乎一模一样的窗户，希望能想出个好办法。

“3号楼1单元1502号。”熟悉的声音从背后传来。雷涛吓了一跳，回头看见黎希颖抬头看着眼前的高楼，品红色短大衣和银鼠灰色呢绒长裤在萧瑟的初冬风景中显得活力盎然。

“我听秦思伟说你找到了伊彦华的小据点。”她双手插在口袋里。

“只可惜他的同伙绑着骆曼怡转移了。”雷涛忍不住失落，“伊彦华也跑了。唉，这事也怪我，不该惊动他老婆。”

“伊彦华早就料到会有这一步，有没有你的事他都会设法逃跑。”黎希颖说，“你是怎么找到这个地址的?”

“在骆曼怡皮包里找到一张小区物业名片。你呢，你怎么会在这里?”

“昨晚我一直在想，骆曼怡会把奇楠放在什么地方。”黎希颖移步到便道上，给身后的几辆私家车让路，“根据她丈夫的证词，那天她回家时只拿了一个手袋，那里面是不可能塞下奇楠的。骆曼怡要想独吞价值连城的奇楠，一定要找个更安全的地方。”

“香道馆就在她家楼下。”

“那个地方人来人往，很容易被发现。”黎希颖说，“奇楠放在香道馆是不安全的，这让我想到另一个问题，那些假货。按理说，堂而皇之地把假货放在办公室也不安全。去香道馆的人，还有工作人员都是懂行的。所以我想骆曼怡应该只是将货物暂存在办公室。”

“莫非你发现了她转移货物的证据?”

“我查了她网店的快递记录。”黎希颖从皮包里拿出手机给雷涛看截图。骆曼怡发货几乎都是走同一家快递，但是那家快递公司在她家附近没有网点，最近的门店在五公里之外。雷涛记得香道馆斜对面就有另一家快递公司的门店，舍近求远的举动说明骆曼怡确实是从其他地方出货的。

“网店店主们一次出货量都会比较大，所以他们和快递公司有合作协议。”黎希颖收起手机，“他们不会像我们抱着货物去门店，大多数时候是快递员上门取货。”

“所以你查一查骆曼怡的手机就能找到常和她联络的快递员。”雷涛大概明白了。

“是的，我找到两个号码。一个是快递员的手机，另一个是这个小区附近快递门店店长的手机。我刚刚去了门店，那里的人认出骆曼怡的照片，提供了她的地址。不过他们一直以为她是‘张女士’，骆曼怡在这里租房用的也是假身份。”

“为了卖假货租一套房子，有点不合理的感觉。”雷涛纳闷。

“我也觉得不合理。”黎希颖说，“走吧，上楼去看看就知道了。我刚才还发愁该怎么进门，遇到你正好。”

“遇到这种事的时候你才会想起我。”雷涛不满地哼了一声，后悔没顺手把骆曼怡包里的钥匙带过来。

3号楼1单元的1502号是一套朝南的小户型一居室。走进亮堂堂的客厅，沙发旁边翻倒的箱子和撒了一地的挂件和手串让他们吃了一惊。房子里没多少家具，客厅里放着沙发茶几，一个玻璃柜里摆着几个奇形怪状的摆件，旁边的三屉柜抽屉都被拉出来，里面是四壁皆净。

“看来有人先到一步。”雷涛回头检查门锁，“他肯定是用钥匙开的门。除了骆曼怡还会有什么人有这里的钥匙？”

“先看看再说。”黎希颖捡起地上的几串佛珠闻了闻，“有香味，不知道是不是假沉香。我完全不懂你们说的那一套。”

雷涛接过佛珠细看，其中有两串应该是真货，佛珠的油脂含量不是很高，香气清淡到几乎辨认不出来，是价格不太贵的入门级货色。另外一串和昨天在香道馆找到的假货一样，是注胶加香之后又浸泡过油脂的杂木，摸上去有黏糊糊的感觉。为了不破坏现场，他把手串放回原处，又捡了几个挂件，发现同样是真假参半。骆曼怡明白售假利润大但是风险也大，于是聪明地把便宜的真货和假货掺在一起买，想借此摊低风险。

“你叫警察过来吧。”雷涛站起身拍拍膝盖上的尘土，“如果骆曼怡把奇楠藏在这里，如今怕是已经被不速之客抢先拿走了。”

“别急。”黎希颖一如既往地淡然。她拉开玻璃柜的柜门，用手指蹭了蹭玻璃隔板上的尘土。“这个不速之客倒也有趣，把沙发边的纸箱翻个底朝天却没有动这个柜子。”她拿出一个摆件，“你看看这几样东西是真是假？”

这个摆件如果不是郑重其事地放在架子上，很容易被认为是河边捡来的一块朽木，但凑近可以嗅得到阵阵清香。沉香的材质大多松软，很难像玉石那样雕刻加工，所以制作山子之类的摆件时，常选用不加修饰的随形木料，去掉香体上木质的部分和杂质，以保持其原始的形态。在很多收藏者眼中，朴实无华的自然形态包含着厚积薄发的幽香才是沉香的精髓之处。

黎希颖手里的摆件看起来是市面上常说的“倒架”。据说这种香材是香农在采香时遇到的一种特殊情况——沉香的香体存在于早已死亡的香木之内，香木倒于沼泽或者泥土之中，木质部分已经慢慢腐朽、风化，香体却保留了下来。这类沉香的形状看起来像是倒卧的架子一般，大多数是未经熟化的生香。

“我也算不得行家，但看起来是真货。”雷涛戴上皮手套，小心地拿出和倒架摆在一起的另一座状似层峦叠嶂的摆件。

这是一尊造型很美的蚁沉，它和虫漏类似，也是由于虫子咬嗜形成的香体，但是蚁沉的油脂含量等级很高，属于有年头的老料子。它的香气会比一般的虫漏更甜、更加醇厚迷人。相比之下，虫漏的气味则是以清凉为主。

“如果这些是真货，就有个问题。”黎希颖把摆件放回架子上，轻轻关上玻璃柜门，“假设不速之客来这里是想找到奇楠，他应该是懂行的人，不论奇楠是否到手，既然有机会，肯定不会放过这些摆件。它们的价值并不低，对吧？”

“的确如此。”雷涛表示同意，“那个人为什么没动它们呢？还有，他怎么知道骆曼怡把奇楠放在这里？从掌握着门钥匙这点看，他们之间的关系一定不一般。”

他走进客厅东侧的卧室。屋里除了靠窗边摆着的一个小梳妆台，就只有一张两侧立着床头柜的双人床。几个铜质香篆躺在梳妆台面上，有常见的福、禄、寿回字纹图案，还有一只有些年头的梅花图案，寓意君子之道。这些都是制作篆香时用的模具。

篆香又叫印香、拓香，是把香粉填入香篆中做成篆文图案形状，点燃一端，香会依照篆形印记烧尽。在唐宋时代，人们曾用篆香的燃烧时长计时，将一昼夜划分为一百个刻度，所以篆香又有百刻香的别称。

雷涛和伊彦华等人初识便是在骆曼怡的篆香课上。那一天她心情大好，在凌志远和艾思源等人的鼓动下，特意给大家展示了一下自己娴熟的“水浮印香”技艺。

那是雷涛第一次，也是唯一一次见识“水浮印象”，所以印象很深。记得当助手端来一只盛满清水的鱼缸，看到水中两只悠闲游动的金鱼时，他完全想不明白这样的道具和沉香能有什么关系。

骆曼怡端坐在桌边，身穿葡萄紫色的曲裾袍和藕荷色的长裙，长发绾在脑后，插着白玉兰发簪。她端着一贯的古典美的架子，在助手的帮助下微微挽起衣袖，将一些柴灰、两块荔枝大小的蜂蜡一起放到一只白陶小锅内，在小火上加热，让蜂蜡充分融化，与香灰粉末匀拌在一起，变为黏软的蜡泥。

待蜂蜡的黏度适中时，骆曼怡将研磨好的香粉填入祥云图案的香篆，在蜂蜡冷却变干之前，将其慢慢倒在香篆的表面上，完全覆盖压好的篆纹，再用香匙在蜡泥的表面轻轻地碾压整理，让它形成一个平整均匀的平面。

做到这里，骆曼怡停下来用软布擦擦手，喝了几口茶。等蜂蜡完全变硬，她把一张糯米纸裁剪成与香篆匹配的尺寸，覆盖到灰蜡表面上，随即以极快的速度把纸与香篆翻转过来放置到几案上，然后她在香篆的底面上轻轻敲打，随后又小心地提起篆模。随着她轻巧的动作，香粉从香篆中脱落，停留在灰蜡的平面上，变成一个完整的祥云图案。

骆曼怡用手拈起衬在最下面的糯米纸，小心翼翼地把它放到鱼缸当中。因为香粉压成的图案、蜂蜡和糯米纸都非常轻，所以会一起漂浮在水面之上。不多时，糯米纸被水浸透，自动脱落溶解，只剩浅灰色的蜂蜡像一叶浮萍，静静浮在水面上承托篆纹。

在众人的期待中，骆曼怡拿起防风打火机将香篆的一端点燃。于是，香粉以薄薄的蜂蜡为依托，静静地燃烧变色，直到全部化为灰烬时依然保持着完整的祥云造型。两只金鱼仿佛毫不知情，只是偶尔冒出头来吐几个泡泡，随即又忽地沉入水底。一静一动之间，袅袅香气环绕在屋中，赏心悦目之余更觉得神清气爽。

回家之后，意犹未尽的雷涛有样学样地尝试过两次，但都失败了，不是香篆不成形，就是蜡层太厚进水就沉底。加上滕一鸣一直在旁边讽刺他东施效颦，让雷涛觉得了然无趣，于是他放弃了继续努力。他很想找机会再看骆曼怡的表演，向她讨教一二，只是不知道还能不能如愿。

“看我找到了什么。”黎希颖从卫生间里走出来，手里捧着一张卫生纸，上面沾着几根很短的毛发。“粘在洗手池壁上，像是剃下来的胡须。”

“也可能是骆曼怡自己的碎头发。”

“洗手间里有一套牙缸牙刷，但是洗手台上分明有两个牙缸的印子。”黎希颖把纸巾卷起来放进口袋，“纸篓里丢着一只剃须刀片，但没找到刀架。”她拉开左侧床头柜的抽屉，里面有几套换洗的内衣。“你看看右边柜子的抽屉。”

雷涛绕到床的另一边拉开抽屉，发现里面空空如也。“你觉得有个男人在这里生活过，但东西都被拿走了？”

“这就能解释不速之客为何有房子里的钥匙。”黎希颖说，“也能解释骆曼怡为何要用假名租房子。她不仅仅利用这里存放网店的货物，还在这里和一个男人约会。”

“难道是她丈夫吗?”雷涛提出异议，“张欧的证词未必属实。他可能知道老婆在卖假货。昨天骆曼怡失踪，他连夜来这里拿走了奇楠，为了防止日后被追查，他拿走自己的东西，这样警方就无法证实和骆曼怡在一起的男人是他。”

“夫妻联手卖假货，完全可以把货物放在家里。”黎希颖说，“用假名租房子还是有风险的。实在不想放在家里，在乡下租个库房就好。我想骆曼怡和那个男人是先租了这个地方约会，今年她接手网店后才开始在这里存货。”她拿起梳妆台上的一瓶名牌香水。“我还以为骆女士只用传统香料，不用香水这种舶来品。显然，这种味道浓艳的香精，比清淡到时有时无的沉香更适合刺激情人的感官。”

“夫妻也可以在家里以外的地方约会嘛。”雷涛没底气地说，“追求浪漫和新鲜感什么的。”

“夫妻俩在家里住腻了，想浪漫一番，完全可以选择温泉或者高级酒店，让服务员准备好玫瑰、香槟、巧克力，如果套房里有按摩浴缸就更加完美。总之，在这种简陋的小房子里约会，根本毫无情趣可言。”

“好吧，这方面我没经验，没发言权。”雷涛听她说起浪漫情调，不知为何心里觉得有点不痛快。“你这么一说，我倒是想起另一件事。”雷涛提醒她，“昨天骆曼怡的香道馆被翻得乱七八糟。我们以为是伊彦华的同伙干的，但他们当时不可能知道奇楠在骆曼怡手中，拿走电脑更是说不通。”

“和这里的情况一样。”黎希颖点头，“神秘情人怕被发现，拿走了可能关系到自己身份的一些东西，包括骆曼怡的电脑。”

“但问题就出来了。就算骆曼怡告诉过情人奇楠的事，他当时怎么知道她出事了？莫非他和骆曼怡失踪有关系？唉，她的情人不会是伊彦华……”

“我们还是先别瞎猜。”黎希颖制止他的胡思乱想，“我刚才给秦思伟打了电话，他一会儿会带人过来。虽然神秘情人拿走了自己的东西，但他只要来过这里就多少会留下属于自己的痕迹。”

他们回到客厅里等警察过来。黎希颖坐在沙发上，拿出平板电脑在上面写写画画，偶尔停下来蹙眉思考。雷涛偷偷看着她的一举一动和专注的表情，想找点话题和她聊聊却想不出轻松有趣的开场白。她左手上的钻石随着纤长手指的动作在阳光下一闪一闪，像一盏小警灯似的提醒雷涛必须面对的现实。

“你和秦思伟什么时候结婚？”话脱口而出，雷涛不知道自己的脑子是不是进水了，竟然会问这样没头没脑的蠢问题。

还好黎希颖没有表现出任何惊讶和反感。“你怎么跟那些三姑六婆似的，喜欢打听这个？”她把平板放在腿上，捂着嘴浅笑。

“我是觉得朋友一场，得提前给你们准备一份厚礼。”雷涛替自己圆场。

“真的假的？”

“我怎么看也不像是个骗子，对吧？”

“好啊，我前些天在你们店里看见一对和田籽玉的寿桃挂件很漂亮，你给我配上粗一点的金或者玫瑰金链子。嗯……我更喜欢玫瑰金，不像铂金那么冷，又没有黄金的俗气，搭配羊脂白玉很合适。思伟那一件，你给他做成手把件。他们有纪律，不能戴首饰。”

“姐姐你真识货唉。”雷涛苦笑，“那挂件单个的进价就要二十几万元。”

“是你说要送我们礼物，这会儿又舍不得了。”黎希颖眉梢一抖，“还是说你做不了滕一鸣的主，怕他给你搓衣板伺候。”

“你……”雷涛被噎得说不出话。

黎希颖继续微笑，拿起平板电脑又开始了写写画画。

雷涛看不懂她草草写下的那一行行的公式和数字，不想贸然打扰，于是起身又进了卧室，想再看看有没有方才一瞥之间遗漏的线索。

曾经，雷涛跟着哥哥，神不知鬼不觉地出入安保森严的豪宅、别墅、博物馆，除了银行的金库，他自信没有什么不能进入的地方，因此也对人们藏东西的习惯有颇深的心得。有一些富豪试图玩心理游戏，把真品堂而皇之摆在明处，把赝品放进保险库，藏起钥匙玩空城计，但大部分人还是喜欢找一个安全的大锁把自己的宝贝锁起来。有些人利用隐秘的角落，用书画、柜子、衣服将明摆着等人突破的保险柜遮掩起来；还些人担心大胆的盗贼把保险柜连根拔起带走，于是处心积虑地在房子里设计暗格或者费时费力地加装嵌入墙体、天花板内的安全柜。只要找到这些地方，距离拿到珍品就只有一步之遥了。

骆曼怡的房子里会不会也有暗格？雷涛敲了几下墙壁便打消了这个念头，这里不是她家，是租来的房子，这样装修简单的房子，一看就是主人买来等着升值后出售的，自然也就不会费心设计什么暗格。骆曼怡要在屋子里存放什么东西，也只能摆在明处，或者为数不多的几个抽屉里。

雷涛走到窗边，拉开梳妆台的抽屉，一个小球咕噜噜从深处滚过来，撞在隔板上停了下来，原来是一粒香丸。雷涛注意到抽屉下隔板上有一些灰褐色的粉末，拈起来闻一闻，香气中带着一点凉气还有一些花果的味道，是几种香料混合在一起，准备制作合香用的香粉。那一粒香丸便是遗漏在抽屉里的成品之一。

“合香”意为将多种香料按照性味特点搭配调成香品。古人制作合香时，除了常见的沉香、檀香、丁香、藿香、白芷之类的原料，还常常依据时令选择不同的鲜花、果品入香。

调配好的合香在熏烧时能发挥出独特的复合香味。为了在熏烧时让香味尽可能长久地缓缓释放出来，并且可以把香料中不同成分的香味分层次充分发挥。古人发明出隔火取香、空熏法等复杂的焚香方式。这些熏香技法因为仪式感十足，充满诗情画意，一度在追求雅趣的贵族女子中备受青睐，于是才会有“几度试香纤手暖，一回尝酒绛唇光”的情景描述。

那些生活在诗词歌赋中的女子生活优越，不用为日常琐事烦恼，焚香、制香对她们来说除了打发时间、陶冶性情，也是为了用迷人的香气给自己增添几分外在的吸引力，博取男人们的另眼相看。那时的女人，不论是小家碧玉还是大家闺秀，甚至是宫廷贵妇，她们生活的意义就是获得某个男人的垂爱。闲来无事，她们精心梳妆端坐在窗前，泡一壶茶，开一卷书，焚一炉香，看花开叶落，时而满心春愁地思念爱人，时而为他的不解风情或者太过多情而苦恼。绰约风姿背后，其实是无限寂寞和无力把握命运的无奈。

如今的姑娘们仍然爱美，仍然会为情苦恼，但她们已经学会不再将一个男人看作自己生命的全部去依附，懂得找到自己人生的重心。她们追逐着自己的事业，和男人分庭抗礼，开始用更现实的眼光看待感情。千百年来高高在上的男人们感到自己的社会地位日益受到威胁，自然不愿意买账。即便当面不敢提，他们在心里、背后也是对那些不甘于旧式贤妻良母角色的女人抱有几分讥讽和不屑，更加对能心系传统的女人念念不忘，充满幻想。

只可惜人们总是习惯去看一个人怎么表现自己，想当然地给他们贴上标签，却忘了人心难测。言行传统的女人一定是好女人？看着双人床上起皱的床单，雷涛想起《聊斋》中的《画皮》。故事中贴着假脸的妖魔鬼怪其实深藏于美丽娴静的外表之下，自己也是被骗得五迷三道的看客之一。他晃晃脑袋，赶走失望，将香丸用手帕包起来，拉开下面一层抽屉。

一个硬皮本子斜着扣在抽屉里。翻开那印着精美水墨荷花图案的封面，可以看到内页上整齐娟秀的手写字迹。字是用黑色的签字笔誊写上去的，方方正正，下笔有些力道，能看到纸页上明显的凹陷。雷涛认出这是骆曼怡的笔迹，密密麻麻，一个本子只剩两页没有写满。

【衙香】

沉香、栈香各三两，檀香、乳香各一两，龙脑半钱，甲香一两，麝香一钱。上除龙脑外，同捣末入炭皮末、朴硝各一钱，生蜜拌匀，入瓷盒重汤煮十数沸，取出窨七日。作饼爇之。

【百和香】

沉水五两，丁香、鸡骨香、兜娄婆香、甲香各二两，薰陆香、白檀香、熟捷香、炭末各二两，零陵香、藿香、青桂香、白渐香、青木香、甘松香各一两，雀头香、苏合香、安息香、麝香、燕香各半两。上二十味末之，酒洒令软，再宿酒气歇，以白蜜和，放入瓷器中，蜡纸封，勿令泄。冬月开取用，尤佳。

听凌志远和艾思源都提过，骆曼怡醉心于研究合香的配方，这些像是她收集整理的资料。

雷涛往后翻了几页，看到更多的配方。翻到第四页的时候，他发现后面的一页被撕掉了。看断裂的部分很新，歪歪扭扭的，想必是大力撕扯的结果。骆曼怡不会这样撕坏自己精心誊写很久的本子。莫非是神秘情人干的？雷涛把本子拿到客厅给黎希颖看。

“如果神秘情人从这里撕下一页，说明这一页记录的东西对他有用。”

“香料的配方会有什么用呢?”黎希颖不解。

“不知道被撕掉的一页写了什么。”雷涛说,“那种拿铅笔在下面一页涂啊涂,找到上一页透过来字迹的方法真的管用吗?”

“管用的,不过现在不用那么麻烦。”黎希颖把本子放在茶几上,“只要拍照用软件处理就可以分离出透过来的书写痕迹。”

“高科技我不是很懂。”雷涛把自己找到的香丸和香粉也拿给她看,“骆曼怡不可能只做了一个香丸。这里没有,我们在香道馆也没见过类似的东西。”

“她家里倒是有一些手工制作的香丸、香塔。”黎希颖说,“可以送到警方的实验室化验一下,看这个香丸是不是和那些成分、配比相同。如果相同,就是同一批制作的。”

“香粉说明她在这里做过香丸。说不定被神秘情人一并拿走了,这一颗是从盒子里遗落下来的。”

“那样的话,这个神秘情人也太奇怪了。”黎希颖皱眉,“撕配方,拿走香丸,他要干什么?”

“是啊,这个人到底是怎么回事呢?”

14.隐蔽杀机

半个小时后,秦思伟带来了一组勘查现场的警员,也带来了更多的坏消息。

警犬在村外一片荒地无功而返,将它们吸引过去的一条裙带不知是骆曼怡在被转移时丢下的，还是狡猾的绑匪故意为之。靳大爷自认为留了心眼，复印了张老板的身份证和公司营业执照，但经过核实，两个证件都是伪造的，在工商部门的登记系统里也没有查到执照上的公司名称。身份证复印件上的照片模糊一片，看不清相貌，想必张老板才是真正留了心眼的那一个。不过根据大爷的辨认，发现贺立尸体的那天，跟着张老板去村中取货的“朋友”是伊彦华无疑。

目前警方的收获除了在身份证复印件上扫到的几枚指纹，还有丢在面包车里的那根棒球棍，上面的红黑色物质证实是人类的血迹。虽然化验和对比还需要几天时间，但考虑到棒球棍的形状和贺立头上的伤处吻合，可以初步断定那就是打伤他的凶器。

“贺立按照伊彦华的指使将一批沉香从外地偷运过来，暂存在郊外。”雷涛觉得自己已经能理清大部分的真相，“和之前一样，他在小屋里喝酒，等着伊彦华和张老板过来取货，不想遭到偷袭，受了重伤。”

偷袭贺立的很可能就是艾思源。他早已摸清伊彦华和张老板所做的勾当，并打算从中渔利，所以打了个时间差，在他们去找贺立取货前偷偷摸到村子里，痛下毒手后拿走了货物。艾思源离开后，贺立苏醒过来，他大概是想找人求救，但是因为头部重伤神志不清，晃晃悠悠地跑出村子上了公路，被路过的一辆大货车碾过，一命呜呼。

不久，路过的其他司机发现了尸体到村中求救，靳大爷等人报了警。恰逢张老板和伊彦华来取货，他们发现贺立已死，面包车还在院子里，但货物不见了，一定吓得不轻，于是匆匆离开现场。

得手的艾思源则把沉香放在自己在柳林路的别居，拍了照片并且拿了一些小块样本，打算以此为证据敲诈伊彦华一伙人。但是考虑到对方有黑道帮忙，可能威胁到自己的安全，他设置了定时发送的邮件。这种明知山有虎偏向虎山行的行动，说明艾思源想从伊彦华手中敲诈的绝不可能是一笔小钱。也正是他的狮子大开口，导致伊彦华和张老板商量一不做二不休，杀掉他灭口并嫁祸给同样有把柄握在其手中的骆曼怡。

但是伊彦华没料到雷涛和滕一鸣会回去找艾思源，救了他一命，没想到艾思源给凌志远发了邮件，更没想到有个骆曼怡趁火打劫拿走了他的心肝宝贝奇楠。所以他只好暗中联系张老板，临时修改了计划。一方面，张老板派杜德明和杜德庆去柳林路意图夺回货物；另一方面，伊彦华怕凌志远等人被黑帮打劫后会怀疑自己通风报信，于是制造了一个假的受伤现场，将自己伪装成受害人，并利用这一手将自己送进医院，为进一步谋杀艾思源制造不在场的证明。

不巧的是，杜德明和杜德庆失手栽在了秦思伟手中，货物被警方起获。张老板知道事情不妙，但好在自己和伊彦华并未暴露，于是加紧实施后面的计划。他料到骆曼怡得知凌志远、伊彦华等人受伤后一定会去医院，于是便赶去暗中盯梢，一直等到骆曼怡傍晚回到香道馆，落单的时候，他迅速出手将她绑架。之后，张老板穿上骆曼怡的衣服，拿着她的香刀来到医院，打伤了护工唐大妈，成功浑水摸鱼杀死艾思源。

他们的原计划是制造骆曼怡杀人灭口后逃跑，最后畏罪自杀或者消失不见的假象，但眼下这个计划怕是还没有进行下去。伊彦华发觉自己已经被警方盯上，于是打伤杨娅宏变装逃逸，必定是去和张老板会合了。奇楠不知所终，伊彦华不会善罢甘休。骆曼怡为了保证性命，必然也会拿奇楠与其周旋。想到这里，雷涛觉得稍稍放心了一些，只要骆曼怡还活着，自己就一定能想出办法救她出来。

如今让人捉摸不透的是刚刚发现的骆曼怡的情人。这个人到底是谁呢？不知他是否和骆曼怡贩卖假货有关系。他能第一时间赶到香道馆，又能立刻赶来这里拿走奇楠，如果不是有掐指一算的神通，肯定是有人通风报信。不对，通风报信的人必须先要知道消息，骆曼怡出事的消息似乎没有人比自己和滕一鸣知道得更早。这个神秘情人到底有什么神通呢？找到了他才能找到奇楠，有了奇楠，救骆曼怡才更有胜算。但是该怎么找到这个人呢？

雷涛感到束手无策。他又开始怀疑神秘情人和伊彦华之间是否有什么关系。伊彦华和张老板能够合伙走私，说不定也在做假货生意。骆曼怡需要假货的货源，或许他们双方就是这样勾结在一起的。这也能够解释伊彦华是如何得知骆曼怡被艾思源抓住了卖假货的把柄，更能解释神秘情人的消息来源。但他转念又一想，黎希颖说得没错，没有任何证据时兀自瞎猜搞不好就会误导自己。

警察在这套房子里没发现什么重大的线索，只是任劳任怨地在各个角落、每一个平面上都刷了一层粉末，用胶带粘贴下不少指纹。

过来看热闹的街坊四邻都说见过装扮惹眼的骆曼怡，但都没见过有男人和她同行。只有一个住在楼上的大妈说前不久看到过一个男人进了1502，但她只是看到了一个背影，形容不出任何体貌特征。物业经理帮忙联系上了房主，可惜对方在南方出差，最快要明天一早才能回来。

“小区门口有监控探头。”秦思伟掩饰着失望，“如果神秘情人这两天来过这里，监控里一定有他的影像。”

“他经常来就必定清楚探头的位置。”黎希颖说，“现在是冬天，很容易便能遮挡面部。”

“死马当活马医吧。”雷涛也免不了泄气，“一定要找到他，奇楠在他手里呢。”他知道自己说这话等于白说，连对方是谁都没线索，根本无从查起。

“不，神秘情人虽然翻过这里，但未必拿到了奇楠。”黎希颖点了一下手里的平板电脑，“我刚才计算了一下，发现一个问题。”她调出一份手绘的时间图，图里的一根红线上密密麻麻写着时间段，其中一个蓝色箭头标注骆曼怡从前天晚上到失踪前的行踪。“前天晚上在艾思源家聚会，你们离开的时间是九点刚过。你和滕一鸣发现艾思源的时间是九点二十五分，没错吧？”

“差不多。”雷涛想了想，“我记得打电话叫救护车时看了时间，正好是九点二十五分。”

“所以骆曼怡是在九点二十五分之前离开的。”黎希颖在时间线上点了一个绿色的圆点，“根据张欧的证词，她回到家时大约是十点十分。从艾思源家开车到她家，考虑到晚上的路况可以以最高限速行驶，大约需要五十分钟的时间。我查了交管局的网站，骆曼怡没有超速行驶记录。这样看来，她是直接回到家中的。”

“如果她绕道来这里放下奇楠，再开车回家需要多少时间？”雷涛问。

“这里和她家，以及艾思源家的地理位置构成一个三角形。”黎希颖拉出电子地图，标出三处的位置给他看，“我计算了所有的可能，如果骆曼怡绕一圈过来，回到家里至少需要一个半小时。”

“张欧的证词可靠吗？”雷涛觉得为了保护自家人，证词的真实性多少会打点折扣。

“他可以说谎，但监控不会。”秦思伟说，“小区门禁有骆曼怡的刷卡记录，监控拍到她开车进门的画面，时间是十点零五分。”

“所以当时奇楠被她锁在了车上。”雷涛分析，“或者她顺路把它放在了某个地方，又或者，她把它暂时放在了香道馆里。”

“反正它现在不在香道馆里。”秦思伟说，“骆曼怡的车还在她家楼下，我们的技术人员把它从里到外查了一遍，没发现奇楠。”

“骆曼怡是临时起意拿走的奇楠。”黎希颖提醒他们，“她并非早有预谋，再加上看到艾思源倒在眼前，自己为了贪财见死不救，这些事都会影响她的情绪。我只见过骆曼怡一次，虽然接触不多，但总觉得她是一个感性的人。”

“我也觉得她不是那种心地很坏的人，只是一时糊涂做了错事。”雷涛附和，“你的意思是，她当时并没有心思处理奇楠，只能暂时把它带回去锁在车里或者放在办公室里，等冷静下来，再开始考虑怎么处理它。”

“没错，骆曼怡心情平复后，想清楚了自己的处境，觉得应该转移奇楠。”黎希颖再次把目光落在时间线上，“但是参考我们已经知道的第二天她的行踪，她仍然没有多少时间处理这件稀世珍宝。”

可以证实骆曼怡前天回到家中后再没有离开，她在半夜十一点多接到伊彦华的电话，电话中请她帮忙去机场接艾思源的老婆和孩子。第二天一早，她六点半开车出发，七点四十五分到达机场。机场高速收费站的ETC系统记录了她的刷卡时间。在早高峰的时段，从骆曼怡家到机场，耗时一个小时十五分钟已经算得上幸运，所以骆曼怡在中途应该没有机会停留。

“她先到这里放下奇楠，再去机场呢？”雷涛仍然不愿意放弃。

“在不超速的情况下，最快需要一个小时四十分钟。”黎希颖给他看自己密密麻麻写了一整页的计算公式，“其中有两个路段是绕不过去的，都是每天早高峰必然拥堵的路段。如果骆曼怡先来这里再去机场，八点半之前绝对没办法抵达。”

“不过她可能把奇楠放在车上的置物格里。”雷涛说，“接上蒋慧母子后，她开车送他们去医院，一边盘算找个更安全的地方安放奇楠。”

“根据蒋慧的证词，骆曼怡把他们送到医院后一直陪在她身边。”秦思伟说，“后来凌志远去医院看望，他们几个一直在一起。当时骆曼怡只是背着一个小包，里面装不下那么大一块东西。当然，她把它锁在车里是有可能的。”

“她和凌志远是什么时候离开医院的?”

“早上九点四十分左右。”黎希颖说，“骆曼怡要回香道馆上课。凌志远要去单位上班，和骆曼怡是一个方向。香道馆的工作人员回忆，骆曼怡进门时是十点整。”

“她送凌志远去研究所要兜一个小圈子。”秦思伟摸摸下巴，“花二十分钟的时间回到香道馆，中间同样没有停留的工夫。”

“去研究所和香道馆，和来这里是两个方向。”黎希颖说，“二十分钟，确实不够她安置奇楠。”

在那之后，骆曼怡便和工作人员一起准备上课用的材料和道具。十点半，香道课正式开始，十二点才结束。她和工作人员一起收拾屋子，中途因为一个学员打翻了香炉，她们打扫撒得到处都是的香灰耽误了不少时间。收拾停当之后，骆曼怡和工作人员一起吃午饭。饭还没吃完，她就接到凌志远从医院打来的电话，匆匆赶了过去。

“骆曼怡赶到医院后一直和滕一鸣、凌志远在一起。”秦思伟说，“其间她上楼看过一次伊彦华的情况，但一直没离开医院。之后，她和我们一起去了艾思源家，离开的时候大概是晚上五点半。”

“她回到家的时间是六点半。”黎希颖在时间线的末端画上又一个绿色小圈，“骆曼怡停车后没有上楼，直接去了香道馆。她遇袭的时间大约是六点半到七点之间，这中间的半个小时，没人知道她在做什么。”

“这么一看，她确实没时间处理奇楠的事。”雷涛皱眉，“那么奇楠到哪儿去了？难不成已经落在伊彦华手中？”

“不可能。”秦思伟否定他的担忧，“伊彦华如果拿到了奇楠就没理由留着骆曼怡的活口了。张老板不辞辛苦将她绑架到郊外，又连夜转移，肯定是想从她口中套出奇楠的下落。”

“骆曼怡一定是将奇楠放在了某个她认为安全的地方。”黎希颖说，“只是不太可能放在这里。所以，她的那个神秘情人虽然把这里翻了一遍，但恐怕没有如愿以偿。”

“不在这里，又会在哪里？”

“我想她可能是在路上四处跑的时候，找了一个就近的地方把奇楠放下了。”黎希颖说，“比如从家里去机场的路上，或者从香道馆去医院的路上。”

“骆曼怡不太可能在城里租了好几处房子。”雷涛摇头，“她没那个经济能力，也没有必要那么做。”

“会不会是利用出租的柜子？”秦思伟猜测，“比如健身房什么的。”

“那只有靠你们警方去排查了。”

“还好，找到了骆曼怡的手机。”秦思伟略表宽慰，“可以试着从她的通信记录中寻找到神秘情人的蛛丝马迹。”

警察去物业公司找监控录像。雷涛感觉希望不大，所以没有掺和。他下楼取了车，打电话让滕一鸣等着自己回去一起找地方吃午饭。

珠宝城里和平时一样人来人往。雷涛和几个熟人打了招呼，推门走进自家店里，看见凌志远和滕一鸣二人表情严肃地趴在柜台上，低声说着什么，颇有特务接头时对暗号的架势。

“你俩干什么呢？”雷涛把背包放在柜台上，到后面给自己倒了杯水。

“今天我刚到单位，就被两个警察逮住审了半晌。”凌志远郁闷地说，“他们一个劲儿地打听伊老师和曼怡。我问他们什么情况。人家告诉我不能透露正在侦办的案情。”

“你怎么样？”滕一鸣问雷涛，“找到啥了？”

“白跑一趟。”雷涛说，“现在伊彦华也失踪了，骆曼怡肯定在他和他的同伙手上。”

“不太可能是伊老师吧。”凌志远的眼镜片后流露出惊讶，“他和曼怡无冤无仇的，不该对她下手。”

“他是被艾思源威胁了，打算杀人灭口，嫁祸给骆曼怡。”

“怎么会这样……”凌志远仍然是将信将疑的样子。

“找到他们就清楚了。”雷涛问他，“你认识伊彦华很久了，知不知道他有个合伙人？”

“他没有合伙人啊。”凌志远眨眼，“伊老师是卖了自己的一部分收藏开的店。至少他是这么和我们说的。”

“那个人四十岁出头，姓张，据说是他的学生。”

“没有，我不记得见过这样的人。”凌志远摇头，“伊老师的朋友很多，我未必都能记住。他这个人很喜欢交朋友的，他还在郊区搞了处别院，周末如果没事就会呼朋唤友去玩，我去过两次但是真不记得他提过合伙人的事。”

“别院？警方没查到他买房、租房的信息。”

“肯定是查不到的。”凌志远觉得雷涛的反应有些可笑，“那是农民建起来租给城里人度周末的小院子，给够钱就行了，不需要登记注册那么麻烦。这样人家房主也能省下点税钱。”

“但是他老婆也没对警方说过租房的事。”

“伊老师和杨大姐吵架多少年了。”凌志远说，“他就是为了躲开家里的战争才在外面租房，有空就跑出去躲清静，没空就在店里待着。他们两口子啊，别提了，也不知道是前世有仇还是这辈子要还债，总之是没完没了地吵。”

“但他们一直没离婚。”滕一鸣永远不会放过任何八卦，“听说刚分居半年，是终于想开了？”

“怎么说呢。”凌志远嘿嘿一乐，“听说杨大姐一直有个‘好朋友’，但对方没离婚所以她也不想落单。后来对方把手续什么都办妥了，她就不想再和伊老师耗下去了。”

“伊彦华这些年是不是也有别人了？”滕一鸣继续深挖小道消息。

“要说他没别人我还真不信。”凌志远用嘲弄的口吻说，“可是这都是捕风捉影的事，我也没真凭实据，说不清楚。”

“你记得他的别院在什么地方吗？”雷涛问他。

“那是肯定记不住的。”凌志远摇头，“我就去过两次而已，只记得在尚庄附近，邻近水库，大概是叫石楼村还是石牌村的地方。夏天的时候我们在那里钓过鱼，吃过烧烤。”他拿出手机给雷涛看照片。“几个月之前去过的地方，你让我现在说出门牌号码什么的，我实在是无能为力。”他站起来，“走吧，我请你们吃饭，这附近有什么好吃的，你们赶紧想想。”

“别急，你们仔细看看这几张照片。”雷涛不想轻易放弃。他把凌志远手机中的照片放大，盯着其中的细节。“这是在院门口拍的吧。这树上的果子看起来像柿子。”

“没错，院子的角落里有一棵很大的柿子树。”凌志远说，“我们八月份去的时候刚好结果，伊老师还摘了一些送给我们。”

“这样的话，找到这院子就不难了。”雷涛有了信心。

“别逗了。”滕一鸣给他泼冷水，“很多人家的院子里都会有柿子树的。”

“你看这里。”雷涛推了一下手机屏幕，“小院门口贴着对联，‘逢迎远近逍遥过，进退连还运道通’，就算村子里很多人家都种了柿子树，总不会每家都是一样的对联。”

“这都过了一个夏天，对联未必还在。”

“我们过去看看就知道了，也用不了多少时间。”

“你怀疑伊彦华和张老板把骆曼怡绑到那里了？”滕一鸣说，“要不要通知警察？”

“这个地方我和他的很多朋友都去过。”凌志远说，“按理说，伊老师不会那么大胆，把曼怡绑到那里。”

“暂时不要通知警察。”雷涛说，“我们不能肯定伊彦华一定会在那个地方，万一警察再扑个空，不但会落下埋怨，还会耽误他们办案的时间。”

“上次在柳林路咱们可是吃了大亏。”滕一鸣对挨打的经历心有余悸。

“咱们先悄悄过去。”凌志远说，“如果他们真在那里，不要轻举妄动，立刻通知警察就好。”

商量好了对策，他们决定马上出发。路上经过一个快餐店时，雷涛下去买了几个汉堡，带着以便在路上充饥。

从三环路驶上京藏高速，路口的路况比想象中好很多，滕一鸣加大油门一直开到肖家河桥，左拐驶上京新高速公路。五十分钟后，他们在沙阳路出口下了高速左转进入上庄路，沿着一条大河的河岸又往西开了二十分钟左右，找到了凌志远记忆中的水库。

初冬的岸边一片枯黄，倒伏在地的荒草中随处可见游客们随手丢弃的垃圾。寒风抚过没有封冻的水面，揉起一片灰蓝色的冰冷涟漪。虽然气温只有五六摄氏度，岸上依然零星坐着裹着羽绒服，认真地盯着水面的钓客。堤坝上一排经营渔具租赁和烧烤用具的小店因为季节影响大多是闭门的状态。他们找了一家还在营业的小商店，向店主买了三瓶饮料，打听到了石楼村的村口就在东北边的大路一侧。

为了不打草惊蛇，雷涛让滕一鸣把车停在村外的路边，一行人准备徒步进村。村子里的大路两旁，一座座安静的院落乍看起来没多大区别。凌志远依稀记得伊彦华的房子在村子的南侧。因为不熟悉地形，他们走了几段冤枉路，两次跑进死胡同，东拐西拐半天眼看没有希望的时候，终于在一扇落满灰尘的绿色铁门边看到了照片上的对联。经历一个夏天的风雨，对联已经褪色，但字迹依然清晰。雷涛抬头看到了灰色的砖墙砌成的低矮的墙头，几条粗壮的树枝从院子里伸出来，上面稀稀落落挂着几片残叶，分辨不出是不是柿子树。

“大概就是这里了。”凌志远悄声说。他趴在门上听了一会儿，摇头示意里面没动静。

“我来看看。”雷涛拍拍滕一鸣的肩膀。

“不是吧……”滕一鸣一脸不乐意，但还是半蹲下来。雷涛在凌志远的搀扶下踩上他的肩膀，趴在墙头向里偷窥。

院子里很干净，两间正房和两间偏房里都看不到人影。一堆落叶堆在墙角的树下，围住了大树的树根，必定是在最近一两天刚刚打扫过。雷涛壮起胆子翻墙入院，拧了几下门锁上的旋钮，拉开门放同伴们进院。

“啧啧，白跑一趟。”滕一鸣唉声叹气地掸着肩膀上的土，“还好没通知警察，不然他们一定会嘲笑咱们小题大做。”

“来都来了，不如我们四处看看。”凌志远建议，“说不定能找到和伊彦华老师的下落有关的线索。”

“这里能有什么!”滕一鸣露出一副不感兴趣的表情。

“跑了四十多公里，就这么无功而返没意思。”雷涛走上正房前的台阶，推开房门。

房间里光线昏暗，正对房门摆着一套二十世纪九十年代风格的旧组合柜，墙边是廉价的沙发和茶几，一看便知是租房时自带的家具。放在柜子里的两件器物引起了雷涛的主意。这是两只古董香炉。其中一件的炉身上面有白鹭莲花的錾花，寓意是“一路连科”，比喻考试连试连捷。另一件是亮蓝色的珐琅质，上面烧有三阳开泰的纹样。两个香炉都是明末清初的工艺。这房子的主人是村里的农户，不大可能有这样的眼光和爱好，它们必定是伊彦华的藏品。以他的性格，不会就这样扔下两件古董不管，是还没来得及赶来收拾，还是……

院子里的一声叫喊打断了他的思路。雷涛扭头往外跑想看看发生了什么，前脚迈出房门，只觉得耳后有轻微的声响，不及反应便觉得后脑一阵剧痛袭来。眩晕的感觉如山崩一般，他毫无抵抗之力，身体像跌入了无底深渊，耳朵里嗡嗡作响，眼前的天地在急速地旋转，仿佛一瞬间内白昼变成了无尽黑暗。透过沉重的眼皮，雷涛看见紧握一根木棒的凌志远神色慌乱，气喘吁吁地盯着自己。

15. 暗香心结

头疼，耳鸣，好像被一辆拉响汽笛的火车碾过脑袋一样。雷涛知道自己躺在冷冰冰的水泥地上，但有一种在海上被巨浪推着漂泊的错觉。他艰难地睁开眼睛，想伸手去揉疼痛、僵硬的脖子。哗啦一声响，雷涛感觉双手的手腕被坚硬的力道箍住，扯得关节险些脱臼。这一下让他彻底清醒过来，意识到双手在背后被一根铁链缠住，绑在茶几腿上，一把大锁死死咬住铁链的环扣，让他动弹不得。

雷涛转动一下疼痛难忍的脖子，看到滕一鸣倒在不远处的组合柜门前，双手和双脚都被一根捆柴火的麻绳绑着，嘴里塞着一块黑乎乎的，不知道是擦过灶台还是洗过碗的抹布。见他醒过来，滕一鸣努力挣扎了两下，发出呜呜的求救声。

“你要干什么?”雷涛缩了缩还能活动的双腿，咬牙坐起来靠在沙发上。凌志远此刻坐在距离他不到两米的地板上，怀里抱着木棍，目光略显呆滞。

这下可糟了，他心里叫苦，莫非凌志远是伊彦华的同谋？不对，如果他是同谋，知道伊彦华和张老板已经被警察盯上，凌志远合理的选择是明哲保身，尽量低调行动，毕竟所有人至今都没有怀疑过他。那么他是想杀人灭口？也不对，凌志远想杀掉自己和滕一鸣，刚才就可以动手，没必要等自己醒过来。再说，他要灭口，也应该选择杀死伊彦华和张老板，杀掉自己和滕一鸣没有任何意义。那是怎么回事？这个人究竟是站在那一边？雷涛糊涂了。他注意到凌志远的手在发抖，眼神中看不到杀气，倒是有几分怯懦。

“曼怡在什么地方?”不等雷涛想明白，凌志远打破沉寂，“你们对她做了什么?”

“你在说、什、么!”雷涛差点喷出一口老血，“你以为是我们绑架了骆曼怡？开什么玩笑！我们……明明是伊彦华干的!”

“伊老师从来就没有合伙人。”凌志远怒道，“那个什么张老板是你杜撰出来的。伊老师干了什么我不知道，警察在找他自然有警察的道理。但是昨晚曼怡出事时他在医院躺着。”

“那是他为自己安排好的不在场证明。”雷涛辩解，“一切都是伊彦华在捣鬼，他的同伙确有其人，我没必要骗你。”

“别装了。”凌志远两颊发红，“你拼命挤入我们这个小圈子就是没安好心！你以为我不知道你是什么人吗？”

“你……知道什么？”雷涛心里一颤。

“哼，我虽然近视，但是不瞎。”凌志远往前凑了凑，盯着他的脸，“雷凡是你什么人？”

“我……”

“呵呵，被我揭穿，没话说了吧。”凌志远冷笑，“第一次见到你，我就觉得眼熟，但是我从来没见过你。你和滕一鸣没话找话和曼怡、老艾套近乎，又找我聊天，我就更觉得你有问题。直到你自我介绍姓雷，我一下子就想到了雷凡那个该死的混蛋。你们两个的眉毛眼睛长得很像啊，他是你的兄弟，没错吧？”

“你当时为什么没揭穿？”雷涛有一种被作弄的挫败感。

“因为我想知道你到底在打什么主意。”凌志远用木棒指着他的鼻子，“你们两个想方设法接近我们几个，不可能没有目的。但是两三个月下来，什么动静没有，我开始觉得是不是自己搞错了，没承想这几天就出了事。”

“我说过很多遍，你们小圈子里的事和我没关系。”雷涛动了一下肩膀，“你仔细想一想这两天发生的事就会明白，你认为我害了骆曼怡毫无道理。我为什么要害她？”

“你想得到那块奇楠。”凌志远的语调时快时慢，“曼怡一时糊涂拿走了伊老师留给老艾的奇楠。这事被你发现了。你打算趁火打劫，就像你兄弟雷凡一样！当年他为了得到那颗大钻石不惜杀人，你自然也不会是什么好东西。”

“杀人?!”雷涛愣了。五年来，哥哥的死困扰着他，所以他才会不顾所有人的劝告，执意想调查清楚。

雷凡当年隐瞒身份进入珠宝会展中心，是为了得到一颗重达70克拉的天然水滴型钻石，这早已不是秘密，但杀人？雷涛不敢相信，但看凌志远憎恶的表情，分明不像在说谎。

“你装什么装!”看到雷涛的错愕，凌志远更加愤懑，“因为唐老师看穿了他的诡计，劝说他自首，他就残忍地把老师从楼顶推了下去……”说到这里，他的声音哽咽了，两颗泪珠从眼睛里滚出来，滑下胖乎乎的脸颊。

一瞬间，雷涛感到全身激灵，血液要冻住了一般，强烈的眩晕感让他几乎坐不稳，看不清。这到底是不是真的！哥哥是个杀人犯……为什么，为什么会是这样?！滕一鸣曾说过，唐教授是被人杀害的。雷涛听到这个消息的第一个反应是这会不会和哥哥的案子有关。现在，这个猜想得到了证实，但他无论如何不曾想到，教授是死在雷凡的手里。

哥哥怎么会做这样的事?！他明白了凌志远的猜疑和愤恨，却无法明白雷凡当时的所作所为。是的，曾经作为职业盗贼的他们算不上什么好人，但一直以来雷涛都相信盗亦有道，相信自己并不属于那个物欲横流的犯罪世界。可是，杀死一个手无寸铁而且没有恶意的老人，除了穷凶极恶，雷涛想不到其他的形容词。哥哥是那样的人吗？这里面会不会有什么误会？是的，一定有误会，一定……有吗？他不敢回答，因为他无法说服自己接受任何一个答案。

在雷涛的印象中，哥哥雷凡一直比自己稳重而且有心计。除了更加胆大之外，雷凡比起弟弟也更有决断，几乎从不为感情和道德观念所困扰。雷凡的做人原则一向是“我想要什么”和“我怎么做能得到它”。雷涛不好说这是优点还是缺点，虽然哥哥在江湖上一直比自己成功，比自己的名气大。可是现在，在心痛之余他更感到泄气，如果哥哥真是一个杀人犯，自己这样执着地追查，即便发现了真相，到底又能证明什么呢？想到这里，雷涛甚至有了一点恐惧，比起到头来只是竹篮打水一场空，更让他害怕的是，不知道是否还有更多的让自己难以接受的事实等着他去发现。不过眼下不是琢磨这事的时候，看凌志远咬牙切齿的样子，如果不赶紧设法脱身，自己和滕一鸣的小命怕是会交待在这里。

“没话说了吧。”凌志远盯着一脸惊愕的雷涛，满腔怨愤几乎都要伴着口水喷在他脸上了，“你老实说，你是不是早就知道伊老师手里有一块印度奇楠？你们削尖脑袋要和我们攀上关系，就是想找机会得到奇楠。”

“你真的误会了。”雷涛克制着内心的起伏，尽量让自己的语气平和，怕刺激到凌志远，“奇楠的事情还有骆曼怡的失踪都与我们无关。请你一定要相信我。”

“让我相信你？”凌志远抹去已经滑落到下巴上的泪珠，“老艾，伊老师，曼怡，我认识他们几个六七年了。我一直信任他们，觉得我们彼此之间都没有什么秘密。结果突然有一天，老艾死了，警察说是伊老师干的。伊老师的奇楠不见了，竟然是曼怡拿走的。更可怕的是，曼怡她在开网店卖假货。所有的这些，我之前一丁点都没发觉。事到如今，我不知道我还能相信谁，但是我很清楚不能轻易相信你这个家伙。”

“拜托你好好想一想，如果是我绑走了骆曼怡，目的是想得到奇楠，我为什么要帮警察找伊彦华？”

“你想赶在警察之前找到他，杀人灭口。”凌志远执拗地说，“你要把绑架曼怡的事嫁祸给伊老师。”

这下雷涛是真没话可说了。此刻的凌志远，心中不仅有几个月来累积的对自己的猜忌，更有被朋友们集体背叛的震怒和恐惧，要用三言两语说服他相信自己比攀登珠穆朗玛峰还难。

“我的手机在裤子口袋里。”沉吟片刻，他对凌志远说，“你看了里面的照片吗？”

“什么照片？”凌志远狐疑。

“你拿出来看一眼吧。”雷涛说，“看了你就知道我说的是不是真话。”

凌志远犹豫片刻，一只手握着木棒，连爬带蹭地靠过来，手伸向雷涛身后的裤兜。哗啦，雷涛一抖手腕，铁链如变魔术一般从他手上脱离，套住了凌志远的脖子。凌志远大惊，赶紧向后撤身试图反击，不想被雷涛就势用力一推，他就仰面倒在地上，脑袋和水泥地来了一次亲密接触，发出咚的一声巨响。雷涛扑过去，毫不犹豫地补上一拳将他击晕，这才坐在冷冰冰的地上，长长地松了口气。

很多年来，雷涛养成了一个习惯，总会在身上带着一只曲别针。不要小看这小小的道具，在普通人手中，它只是一根软硬适度的铁丝，但是在雷涛手中，它可以打开大多数类型的锁，甚至警察用的手铐。刚才在和凌志远说话的时候，雷涛已经悄悄捅开了铁链上的锁。他不想和凌志远动手，但看情形再苦口婆心地和他周旋下去只是浪费时间。

为了安全起见，雷涛用铁链把凌志远捆起来。他爬到滕一鸣身边，扯掉他嘴里的抹布，帮他解开绳索。

“呸、呸、呸！恶心死老子了。”滕一鸣拼命吐着口水。他揉揉被绳子勒肿的手腕，弯腰捡起抹布，掰开凌志远的嘴。“让你也尝尝这个的味道。”

“得饶人处且饶人。”雷涛夺过抹布扔到院子里，安抚余怒未消的滕一鸣。

“他刚才说雷凡杀了唐教授，真的假的？”滕一鸣同样感到震惊。

“我不知道。”雷涛现在不想讨论这个问题，“你看着他，我去里屋看看。”

卧室的布置和客厅一样简陋，只是摆着张大床和一套组合柜。家具从颜色到材质都不一样，明显带着拼凑出来的痕迹。组合柜的一个抽屉半合着，里面的锈迹说明这是存放铁链和挂锁的地方。凌志远的背包躺在花花绿绿的床罩上。

雷涛拉开背包拉链，找到两串钥匙，手机、钱包、名片盒和一包纸巾，一只红底绣金色曼陀罗图案的锦缎香囊，一只装着五六颗香丸的银质小盒，还有一个皮面记事本。本子里潦草的字迹都是凌志远的工作日志和会议记录，但夹在其中的一张皱巴巴的纸上却是整齐清秀、似曾相识的字体。

【江南李主帐中香】

用沉香一两细锉，加以鹅梨十枚，研取汁，于银器内盛却，蒸三次，梨汁干，即用之。

【江南李主帐中香】房二，《陈氏香谱》补遗

沉香末一两，檀香末一钱，鹅梨十枚。右以鹅梨刻去瓤核，如瓮子状，入香末，仍将梨顶签盖。蒸三溜，去梨皮，研和令匀，久窨，可爇。

两个配方下面用蓝色的钢笔写着：

《纲目》："梨品甚多，必须棠梨、桑树接过者，则结子早而佳。梨有青、黄、红、紫四色，乳梨即雪梨，鹅梨即绵梨，消梨即香水梨也，俱为上品。可以治病。御儿梨，即玉乳梨之讹，或云御儿一作语儿，地名也，在苏州嘉兴县，见《汉书》注。其他青皮、早谷、半斤、沙糜诸梨，皆粗涩不堪，止可蒸煮及切烘为脯尔。一种醋梨，易水煮熟，则甜美不损人也。昔人言梨，皆以常山真定、山阳钜野、梁国睢阳、齐国临淄、巨鹿、弘农、京兆、邺都、洛阳为称，盖好梨多产于北土，南方惟宣城者为胜。……《物类相感志》言：梨与萝卜相间收藏，或削梨蒂种于萝卜上，藏之皆可经年不烂。"

这页边缘被撕扯得如狼牙锯齿的纸上记载的是“鹅梨帐中香”的配方，以及古籍中对“鹅梨”的解释。

在五代花蕊夫人的《宫词》中曾经提到“窗窗户户院相当，总有珠帘玳瑁床。虽道君王不来宿，帐中长是炷牙香”。当时床帐里用的熏香是特制的，称为帐中香。据说，李后主宫中所用的帐中制香法流传了下来，是将沉香填入鹅梨在火上蒸。后人也有把鹅梨研成梨汁，与沉香末混合在一起的。然后，把这混合原料放在银容器里，再将容器放入甑内，坐在水锅上，用大火反复蒸制，一直蒸到梨汁收干，让梨汁的甜香浸润沉香，给香品中增添果香的韵味。因此这种帐中香又叫“鹅梨帐中香”。

骆曼怡誊写的香谱中被扯下的一页夹在凌志远的笔记本中，毫无疑问，他就是警方正在追查的“神秘情人”。原来如此，雷涛心中豁然开朗，很多困扰他的问题终于有了答案。

凌志远和骆曼怡相识多年，有着相同的爱好和品味，于是日久生情。但骆曼怡早已结婚，她的香道馆也是丈夫投资所建，所以离婚对她来说是很不现实的选择。为了掩人耳目，他们一定过得异常辛苦。骆曼怡用假名字租房，是为了时常和凌志远幽会。记得艾思源提出他想出资帮骆曼怡再开一个香道馆时，凌志远异常热情，他应该觉得那样骆曼怡便可以摆脱丈夫的资金控制，最终结束那段婚姻也是指日可待。但骆曼怡当时被艾思源抓着售假的把柄很不自在，她在想办法甩开艾思源的纠缠，自然不想和他有任何金钱上的瓜葛。

偷走奇楠使得骆曼怡一直心神不定，在被雷涛揭穿后她更加紧张，担心警察随时会查到自己头上。离开艾思源家后，她连着给凌志远打电话就是想对他道出实情，想一起商量该怎么解决问题，可惜凌志远当时睡得昏昏沉沉没有接到她的电话。随后，张老板来到香道馆，绑架了骆曼怡。等凌志远醒来，已经联系不上骆曼怡。

意识到可能出事的凌志远火速赶去了香道馆，看到敞开的大门和办公室地上的香囊，他必然会想到骆曼怡出事了，并且联想到可能是他一直怀疑的雷涛在捣鬼。为了掩盖自己和骆曼怡的关系，他在办公室里一通乱翻，想找到并拿走可能和自己有关的东西。所幸骆曼怡行事小心，没留下多少东西，但凌志远还是不放心，所以拿走了她的笔记本电脑。

那么他后来又回到香道馆是想干什么呢？哎，自己也太笨了。雷涛忍不住拍了一下床单。看时间，在自己和滕一鸣进入香道馆时，他没准还在办公室里没有离开。雷涛记得自己为了找到香刀先去了教室，凌志远就是利用这个空隙抱着电脑溜了出去。他将电脑放回自己的车上又折返回来，是因为怀疑雷涛和滕一鸣，想要知道他们究竟意欲何为。

在得知骆曼怡拿走了奇楠后，凌志远连夜去寻找，结果是无功而返。那么他撕下这页纸的目的是什么？还有，听凌志远刚才的表述，他并不知道骆曼怡在卖假货。刚才那种情况，凌志远没必要说谎，所以他和骆曼怡不是合伙关系。那些放在房子里的货物又该做何解释？这些只能等他醒过来慢慢盘问。

雷涛把香谱重新夹回本子里，随后起身去检查组合柜。柜子的抽屉里有几套换洗的男士内衣，上面压着一只铜质镶嵌珐琅的三阳开泰图案手炉。

雷涛把手炉拿到窗边借光细看，发现它和外面的两只香炉一样，都是明末清初的工艺。他打开手炉，发现炉膛里放着一个景泰蓝的小盒子，里面装着几粒香丸，大小、气味和凌志远包中的一样。

这套房子不是伊彦华的别院，是凌志远租来的。照片是他邀请朋友们来玩时拍的。因为发现雷涛急于找到伊彦华的下落，凌志远编了个谎话，故意透露一些痕迹把他们骗了过来。

外屋传来滕一鸣的嚷嚷声，雷涛怕他声音太大把村子里的居委会侦缉队给招过来，赶紧把手炉放回抽屉，拿着凌志远的本子跑出去。

“跟你怎么就说不通？”滕一鸣叉腰瞪眼，“想害你刚才就把你大卸八块扔出去喂狗了。我说你念那么多书都念到爪哇国去啦！都不知道动动脑子想一想！”

“别激动，顺顺气。”雷涛把滕一鸣拉到一边。

“是他没事找事算计咱们。”滕一鸣瞥了一眼缩在墙边的凌志远，大为光火地嘟囔，“现在倒好，哼哼唧唧的好像他是受害人。做人不能这么不要脸吧！”

“没事，我劝劝他。”雷涛说，“救出骆曼怡要紧，其他的事以后再说吧。”他走到凌志远身边蹲下来拿出手机：“我知道很难让你相信我。但是你肯定不想骆曼怡出事，对吧？”

“你到底对她做了什么？”

“我们不知道她在哪里。”雷涛叹气，“你好好想想，如果此刻骆曼怡在我们手中，你对我们就没有价值了。我没必要留着你，对吗？”

“你……”凌志远盯着他，凝神很久，眉头动了动好像明白了什么。

“咱们不要耽误时间了。”雷涛说，“我知道你就是她的情人。”他拿出那一页香谱：“骆曼怡随时都有生命危险。这是你从骆曼怡的本子里撕下来的，你还从她的抽屉里拿走了一盒香丸。能告诉我你为什么要这么做吗？”

“如果曼怡的事当真和你无关，你给我解开这个。”凌志远挪了一下身子，把被铁链捆着的手转到雷涛眼前。

“别听他的。”滕一鸣阻拦，“不知道这孙子又想要什么鬼花招。”

“没关系。”雷涛拿出刚才从凌志远身上搜出的钥匙，“他是一个人，咱们有两个人，再说咱们已经有了防备，不用担心他使坏。”他打开锁，摘下铁链扔到墙角，把凌志远拽起来，按在沙发上。

“行了，你现在可以说了。”滕一鸣冷着脸站在一旁，“折腾半天，原来是你和骆曼怡有一腿。你们装得可真像那么回事，我居然一点都没看出来。”

“我是打算和她结婚的。”凌志远抬起头，“只是她一直有顾虑。”

“骆曼怡担心张欧断了她的经济来源。”雷涛说，“香道馆收入微薄。我想她卖假货也是想多挣钱，这样你们才能实现在一起的愿望。”

“我没想到她会那么傻。”凌志远露出痛心疾首的表情。

“她在你们经常约会的房子里放了货物，你真的一点不知情?”

“我知道她在帮亲戚的网店进货。”凌志远说，“但没想到里面掺了假货。曼怡的确说过想通过网店赚钱，攒够了钱开自己的香道馆。这样她就不需要继续依靠张欧。我也提出过我可以出钱帮她，但是她经历了和张欧之间的那些事，不希望再依靠另一个男人。我没办法，只能顺着她。”

“原来是这样。”雷涛表示愿意相信他，“咱们言归正传，你拿香谱和香丸是想做什么?”

“我是想救曼怡。”凌志远说，“昨天晚上我开车送滕一鸣，路上接到一个电话。电话号码我不认识，但居然是曼怡打来的。”

“她说什么?”

“她在哭，听起来很害怕的样子。”凌志远说，“她告诉我，奇楠和鹅梨香在一起。让我把它交给那些人换她的性命。”

“你当时说是你单位的电话。”滕一鸣追问，“她有没有说那些人是谁?”

“没有，她没说完，另一个人就抢过电话，说给我一天时间交出奇楠，然后就把电话挂了。听声音绑匪是个男的，但他明显故意压低了声线，我分辨不出是什么人。”

“所以你怀疑是我干的?”雷涛觉得啼笑皆非。

“我一直觉得你有问题。”凌志远说，“尤其是曼怡失踪后你和滕一鸣突然跑去香道馆。你们说是找香刀，但谁知道你们是不是在惦记奇楠？当时我要送你，你坚持不坐我的车。我怀疑是你把曼怡藏在了附近什么地方，待我离开后逼迫她打的电话。”

“昨晚我搭黎希颖的车回家。”雷涛说，“你要是不信我，可以去问她。你总不会认为她也是坏人。”

“我信你。”凌志远消沉地说，“你刚才说曼怡在你们手里的话，我对你们就失去了利用价值。但是绑匪明明是让我去找奇楠换人。你不清楚绑匪和我的交易，自然不是他们一伙的。”

“你总算转过弯了。”滕一鸣松了一口气，“还行，不算太笨。”

“骆曼怡说的‘奇楠和鹅梨香在一起’是什么意思？”雷涛百思不得其解。

“我不明白她在说什么。”凌志远说，“我知道曼怡喜欢研究香谱，喜欢自己制作合香。鹅梨帐中香是她常做的一款合香。我在抽屉里找到她抄的香谱和一盒鹅梨香的香丸，但连奇楠的影子都没找到。”

“她的原话是什么？”雷涛问，“你好好想想，一个字都不要漏掉。我相信骆曼怡是想给你暗示，而且这个暗示肯定是只有你才懂的。”

“她的原话就是‘奇楠和鹅梨香在一起’。”凌志远苦恼，“我一宿没合眼也想不明白她是什么意思。”

“你等一下。”雷涛跑到卧室拿来银盒子和香囊，“这盒子里的是鹅梨香吗？”

“对，这是我和她一起做的一盒香丸。”凌志远打开盒子，低头深情地嗅了嗅，“当时她还说要把它们窖藏起来，等明年七夕时拿出来熏香。”

“这个香囊上绣着曼陀罗花。”雷涛打断他的情思，“这种图案不怎么常见，但骆曼怡的名字中有个曼字，所以这是她送给你的。里面的香料闻起来和香丸很像，是不是鹅梨香？”

“没错，这是她第一次调配出的自己专属的鹅梨香，所以做成香囊送给了我。”凌志远沉入回忆，“那是两年前了。曼怡开始根据香谱的记载改良了鹅梨香的配方，加入了冰片和丁香。她试了很多次才找到沉香、檀香、冰片、丁香和梨汁的适当配比。”他摩挲着香囊，“我记得那天我正在上班，她突然来电话说要送我一份礼物。我纳闷，又不是生日，离纪念日还有好几个星期，她要送什么礼物给我？她偏偏又不肯说。”

“后来呢？”

“我猜不到啊，她就笑着把电话挂了。到了下午，单位收发室说有我的快递。我出去一看是曼怡寄来的包裹，里面装着这个香囊。她说本想等第二天见面时再给我，但是等不及了，就叫了快递让我先睹为快。”

“你知道她改良后的配方中各种香料具体的配比吗？”

“不知道啊，她也没记在香谱中。”凌志远说，“我和她一起合过几次香，都是她调配好的原料，她从没告诉我配比。我估计是曼怡对这个方子仍然不甚满意，打算继续改良。”

“你既然不知道，那骆曼怡的暗示应该和香料配比无关了。”滕一鸣靠在墙边双手抱在胸前，“那会是什么意思呢？”

“骆曼怡落入绑匪手中，对方要挟她交出奇楠。”雷涛努力想象当时的情境，“或者是骆曼怡提出以奇楠换命。她知道绑匪不可信，所以坚持不肯直接说出奇楠的下落，而是急中生智给你暗示。这个暗示是临时想出来的，没有经过深思熟虑所以肯定不会太复杂。”

“给我看一眼。”滕一鸣抢过凌志远手里的香囊，“骆曼怡说的鹅梨香不会是香谱和香丸。这玩意儿是她送你的，算是定情信物？”

“不是什么定情。”凌志远脸红。

“这种时候就别咬文嚼字了。”滕一鸣把香囊翻过来倒过去看了几遍，“她送你香囊的时候，有没有一起送其他东西？”

“没有，包裹里只有这个。”

“那就怪了啊，什么叫‘在一起’呢？”滕一鸣发呆。

香囊，鹅梨香，在一起……雷涛推开窗户放新鲜空气进屋，到底有什么东西和鹅梨香在一起呢？他想起黎希颖的分析，骆曼怡没有充分的时间处理奇楠，只可能是在路上。在一起，在路上……对啊，有一个办法，可以让她在几分钟之内安置好奇楠。

16.夙夜奇袭

“鹅梨香的香囊是寄给你的，对吧？”他向凌志远确认。

“嗯，是快递送来的。”

“那就没错了。”雷涛松了口气，“骆曼怡昨天通过快递把奇楠送了出去，所以我们在她所有的栖身之地都没有找到奇楠。”

“哎，我居然没有想到。”滕一鸣拍了拍脑袋，“对，她随便找个门店就可以寄出奇楠，让我们查不到它的下落。问题是，她把奇楠寄到了哪里？肯定不会是香道馆或者家中。”

“她既然让志远兄拿奇楠换自己，自然是寄到他在今天之内能找到的地方。”雷涛说，“我想就是寄到那套他们约会用的房子。”

“如果是同城快递，最晚今天下午就会派件。”滕一鸣看表，“这会儿没准已经到了。快递员联系不上收件人，就会把包裹送到传达室。警察今天去过那里，他们已经告诉物业公司看到包裹地址便通知他们。”

“不，物业公司不会看到包裹。”凌志远说，“小区有个包裹自助收发点。如果主人不在家，快递员就把包裹送到那里。收发点有带密码锁的储物柜，包裹放在里面比放在物业收发室安全，不需要有人值守，二十四小时都能去取货。”

“怎么取货呢?”雷涛问他，“密码由谁来设定?”

“那个柜子的原理我不清楚。”凌志远说，“快递员关上柜门，在站点的电脑里输入收件人的手机号和柜门号码，它会自动给收件人发短信，提示开锁密码。这样快递员也不知道密码，更不会出现冒领。”

“哦，好东西啊。”滕一鸣感慨，“如今这高科技越来越牛了。不过这下咱们也就坐蜡啦——不知道奇楠在哪个柜子里，也不知道密码。我看只能报警了。警察应该是有办法拿到奇楠的。”

“绑匪说报警就撕票。”凌志远一脸愁容。

“骆曼怡既然给了你暗示，说明你有机会拿到奇楠。”雷涛说，“我想她在收件人电话那一栏应该写上了你的手机号。”

“怎么会……”凌志远不信，“我没收到过信息。曼怡昨天压根没提过这样的事。”

“她没提是因为她当时还没想好该怎么办。”雷涛说，“警方的全面介入使她意识到不能再把奇楠放在自己手中。骆曼怡明白这件事不能再瞒着你，你是她唯一可以相信的后盾了。所以她寄出奇楠，留下你的号码，打电话给你是想约你出来，把事情原委告诉你。只可惜你没接到电话，她就被绑匪抓走了。”

“怎么会这样……”凌志远茫然。

“想证实此事很容易。”雷涛跑去卧室拿来他的手机。不出所料，在安全软件划定的垃圾短信文件夹中，他找到了一条信息提示：

尊敬的客户张先生/女士，您的包裹已存入32号柜，请用密码130826提取。

“太好了，太好了。”滕一鸣大喜，“我说你们还愣着干什么？赶紧去把奇楠取出来，等绑匪的电话。这下骆曼怡有救了。”

“你先别急。”雷涛按住他，“伊彦华和张老板是很狡猾的，他们的唯一目的是得到奇楠。这两个人已经杀了艾思源，不会在乎再多杀一两个。”

“你的意思是，交换是假，灭口是真。”

“嗯，我觉得他们只要拿到奇楠，就一定会对你和骆曼怡下手。”

“那怎么办？”滕一鸣皱眉，“干脆去找警察，给他来个一锅端。”

“就怕他们狗急跳墙，伤害曼怡。”凌志远担心。

“让我想一想，想一想……”雷涛坐在沙发上，扶着下巴，陷入了沉思。

院子里的柿子树被一阵狂风推得浑身发抖，最后一颗干瘪不堪的柿子历经风吹日晒和虫噬鸟啄，终于坚持不住，咚的一声落入枯叶堆里，迅速沦陷，在化作污泥的幻灭中，等待着下一个春天的到来。这是宿命的无奈，其中却有一丝重回生机的希望。

不过把握住希望是需要机会的，雷涛惴惴不安地想到，如今的情形，想靠自己的力量救出骆曼怡几乎不太可能。伊彦华已经成了惊弓之鸟，必然会拼死一搏。他的店铺已经被警方查封，银行账户估计也在劫难逃，要想蛰伏起来等风声过去，伊彦华需要安身立命的本钱，这块尚未落入官方手中的奇楠无疑是唯一的希望。

要和伊彦华一伙周旋，除了周密的计划，还得有可靠的帮手。滕一鸣没什么好说，可凌志远……雷涛明白他愿意相信自己只是形势所迫。凌志远想要保证骆曼怡的安全，只得听从绑匪的要挟，不敢联系警察，如果雷涛愿意帮忙他也不会排斥。可是，雷涛明白凌志远不可能放下对雷凡的恨意和对自己的怀疑。话说回来，自己愿意完全相信凌志远吗？刚才被他暗算的痛感还在，自己又不是刚出社会的小孩子，听了他几句软话就会卸下警惕。

权衡利弊，把知道的一切报告给警察是最佳选择，但雷涛始终不愿意碰这个“最佳选择”。你有什么好不甘心的？一个声音在脑海中响起，就算你证明了自己的本事又能如何？人家在意的又不是这个。

我不是想表现自己！他差点大声说出口。不是吗？当然不是！只是经历了这许多，好不容易看到了揭开一切谜底的希望，自己不想就这样被迫退居到二线去当个看客，做事得有始有终嘛。狡辩？没有啊……没有吧……真的……没有啊……

“你要是能帮我救出曼怡，我可以帮你拿到雷凡的遗物。”凌志远看出雷涛的犹豫，抛出一个诱人的条件。

“遗物？”雷涛掩饰着心动。

“当年的案子结束之后，我们收拾了雷凡的实验室和宿舍，找到一些他的东西。”凌志远说，“本来想扔掉，但领导说还是放一放，万一警察还有需要呢？所以那些东西就扔在库房里，印象中这些年没人动过。”

“真的假的啊？”滕一鸣半信半疑，“你们研究所前几年搬过家，竟然还会留着那些东西？”

“我们经费不多，搬家的时候时间很紧。”凌志远说，“而且人手也不够，实验室、库房的东西还没整理完就打包都搬上车了，所以那一箱东西应该还在。我有库房的钥匙，可以带你去找。”

“既然知道东西在他们库房，我们自己也可以去找。”滕一鸣伏在雷涛耳边提醒他，“何必蹚浑水呢？谁知道他会不会在救回情人之后翻脸不认人，扭头再暗算咱们。”

“库房里有成千上万的箱子，你们自己去找几个月怕都找不到。”凌志远猜到了他们在嘀咕什么，“我知道那箱子的大小尺寸，也知道上面的标记。怎么样？你们如果愿意帮我，我一定说到做到。”见两人不说话，他有些着急了。“我知道刚才的事是我对不起你们，但因为我当年被雷凡坑惨了，不知道你们的底细才会那么做。只要你们帮我，你们随便提什么条件都行。”

“我们不是那种趁火打劫的人。”滕一鸣说，“我们也想救骆曼怡，但我们怎么知道你不是用假话诓我们帮你？又怎么能确定你会言而有信?”

“雷凡的遗物是我收拾的。”凌志远解释，“里面有一些衣物，一些书籍，还有两个札记本。”

“札记?”雷涛的声音都变了。

“我翻了两页没细看，反正不是日记。大概是他收集的一些知名珠宝的资料，其中包括会展中心展厅的图纸，还有一些随笔。”凌志远就差磕头作揖了，“那些东西放在研究所没什么用，你能拿走也算是物归原主。请你们一定要相信我。”

雷凡的遗物，这是雷涛无法拒绝的提议。滕一鸣叹了口气，没再继续说什么。他认识雷涛这些年，眼看着他为雷凡的事情终日怀疑、思虑，深知劝他放弃这样的一个机会根本不可能。因此，虽然他一百个不情愿，但事到如今为了不让雷涛独自面对险境，也只能试着和凌志远合作。

“对方在暗处，我们在明处。”雷涛思索片刻，下定了决心，“我们不能莽撞行事，一定要有个计划。”

“你有想法了吧?”滕一鸣满怀期待。

“嗯，但是怎么想都没有万全之策，只能赌一把了。”雷涛看看队友们，“时间不多了，咱们先去取奇楠。路上我再和你们细说该怎么办。”

入冬以后，时间流逝的速度好像在不知不觉地加快，一闪而过的黄昏后，天色就变成了阴沉的铁灰色。孑然而立的路灯无力驱走黑暗，反而在它的包围中透出更加孤独冷漠的错觉。堆积如棉被一般的乌云被寒风粗鲁地扯开一个口子，冷淡的月光倾泻下来，瞬间被城市里的阑珊灯火淹没。

骤降的气温也降低了夜生活的兴味。夏日里能喧嚣到凌晨时分的街头娱乐场所在这个季节不到午夜时分便门庭冷落，只剩下倦怠的霓虹在昏黑一片中寂静地忍受刺骨的严寒。

过了零点，郊外的公路上已经见不到第二辆车，雷涛握紧方向盘，放慢车速，目光在几个后视镜上转来转去。天黑后绑匪打来电话，要求凌晨一点在南六环外的姚下村旁见面。那一带是一大片在建的高尔夫球场，地势空旷，人迹罕至，令人不免顾虑重重。

后座上，滕一鸣喋喋不休地对凌志远讲着交换人质的注意事项。“一会儿见到伊彦华，不要管他的花言巧语，只要不见到骆曼怡就不能把这个给他。”他将一只抱在怀里的背包塞给凌志远，“你自己拿着吧，我抱了一路手都出汗了。”

“你们一会儿不要下车。”凌志远的声音在发抖，“他们说了让我一个人去，要是发现有其他人……”

“你放心，伊彦华不傻。”雷涛说，“他肯定做好了准备，以防你报警。”

“不过我们不会和你一起露面。”滕一鸣对凌志远说，“你自己去和他交换。如果他要耍花招，我们再出手，打他一个措手不及。”

“他会要求先验货，再放人吧？”

“你让他先把骆曼怡带出来，再给他背包。”雷涛说，“最好把他的同伙引出来，这样咱们的胜算就更大。”

“不太好办啊。”凌志远为难地说，“我怕……”

“你怕也得给我顶住。”滕一鸣忍不住发牢骚，“今晚你是主角。你这前怕狼后怕虎的，可别到时候脚软连累了我们。”

“我这不是想考虑周全点嘛。”凌志远被他一阵抢白，语带不悦。

“大敌当前别内讧。”雷涛及时掐灭他们斗嘴的苗头，“对伊彦华来说，奇楠最重要，只要那货在咱们手上，不管发生什么事都有回旋的余地。你们也别自己吓唬自己，到时候随机应变吧。”

马达声从车后传来。雷涛抬头从后视镜里看到一个模糊的影子。郊外的街道路灯昏暗，只能看到一辆黑色SUV的朦胧的轮廓。后车速度很快，加大油门好像要超车。等等，不对啊，夜里行车居然不开车灯……雷涛一个激灵，额头瞬间冒出了冷汗。自己刚才完全没注意到后面跟着一辆车，就是因为它没开车灯，直到追得很近才听见响动。他又瞄了一眼左边的后视镜，那辆车的车头已经和自己的车尾并驾齐驱，车头前面却看不见车牌。

坏了，中了圈套，雷涛心中暗暗叫苦，郊外、高尔夫球场都是骗人的幌子，伊彦华是想在半路打伏击。他认得凌志远的车子，伊彦华早早在刚才的一个岔路口等待，等车开过来便悄悄跟上，等待下手时机。

“那辆车怎么回事?”凌志远也发现了异样。

“坐稳了，抓牢。”雷涛加大油门想甩开SUV。但那辆车的动力和加速性能明显高过他操控的小排量轿车，他们的车被死死咬住，根本无法脱身。

怎么办?他们要干什么?雷涛一着急，脑子里一片空白。这时候，SUV突然加速，车头一偏，狠狠地撞上了轿车的后车门。轿车被撞得剧烈摇摆，雷涛猛打方向盘，用力踩下油门，才算没被撞下路面。滕一鸣撞在副驾驶座的靠背上，反弹回来压在被撞得倒在后座上的凌志远身上，两个人不约而同地尖声高叫。

不给他们一丝一毫的喘息机会，SUV又加足马力撞了上来。这一次的撞击比上次更重，轿车摆脱了控制，飞下路基，沿着路边的斜坡一路冲下去，扑向路边的小树林。雷涛情急之下乱了阵脚，他伸手去抓手刹，不想用力过猛，硬是把刹车拉杆掰断了。轿车扭动着往前滑，车头撞到一棵树上，随着嘭的一声巨响停了下来，激起一片沙尘。车里的安全气囊应声弹开，滑石粉在车厢里炸开。

嘎……刺耳的刹车声在黑暗中回荡，SUV紧贴路边停了下来。

顾不得被撞得几乎脱落的前保险杠和碎裂的车灯，两个人影推开车门跑了下来。

伊彦华几步窜到车边，拉住右侧车门的把手使劲往外拽，但车门从里面落了锁，不听他的使唤。旁边的中年男人咒骂一声，啐了一口吐沫，挥动手里的木棒凶狠地击碎了车窗，伸手从里面打开车门。

伊彦华骂骂咧咧地把满脸是血的滕一鸣拖拽出来丢在一旁，探身到车厢里翻找片刻，用力推开昏迷在车座上的凌志远，抓出被压住的背包。这时，中年人已经绕到驾驶座一侧，拉开车门，伸手推了推趴在气囊上毫无声息的雷涛，见他没有反应，发出一声刻薄的嗤笑。

另一个中年人狂暴地扯开拉链，从包里拿出一只鞋盒大小的铁皮盒子，伊彦华才稍稍松了口气，低声招呼同伴来看自己找到了什么。像在沙漠里顶着烈日走了一个星期的行者看见绿洲的泉眼，伊彦华不等伙伴回应便如饥似渴地掀开铁皮盖子。噗的一声，腾起的白色粉末在黑夜里如幽灵般扑向他的脸。伊彦华的脸皮眼睛刹那间像被烈焰炙烤一样疼痛难忍，伊彦华大声地号叫，双手掩面倒在地上。

车的另一侧，中年人被突如其来的一幕吓了一跳，慌忙想去驰援伊彦华，刚迈开腿，不料一阵剧痛扑来，整条左腿眨眼间动态不得。他跌坐在地，手里的木棒滚到两米开外的枯草丛中，低头才发现一只断开的刹车拉杆刺入了左大腿，鲜血从裂开的皮肉间涌出，疼得他在地上无意义地呻吟、翻滚。

歪打正着，雷涛抹了一把脸上的滑石粉，一咬牙跳出车厢想按住中年人，不想右脚沾地的霎时，钻心的痛楚从脚腕传来，身体一歪扑倒在了冷冰冰、硬邦邦的泥地上。中年人此刻已经恢复了理智，他狂吼一声竟拔出了腿上的拉杆，身体一窜扑在雷涛身上。

雷涛躲避不及，只得用双手卡住他的脖子向外推。中年人怪叫着，用尽蛮力将拉杆血淋淋的尖端捅向他的眼睛。雷涛侧头躲开，拉杆擦过他的脸，深深插入泥土中。中年人一击不成，挥拳打在雷涛的颧骨上。雷涛只觉得眼冒金星，拼着最后一丝清醒没有放松已经快要筋疲力尽的手。

咚！一声闷响。中年人发出一声如困兽般的愤怒低鸣，身体一软砸在雷涛身上。雷涛被压得差点背过气去。他手脚并用把瘫软的中年人推到一边，手撑着地面坐起来，瑟瑟发抖。不知何时从车厢里爬出来的凌志远抱着木棍跪坐在一旁，张嘴想说话但说不出来。

“来帮个忙。”雷涛颤抖着拉开棉服的口袋拉链，丢了一卷胶带给凌志远，“赶紧把他捆起来，等这家伙醒了咱就死定了。”他强打精神，扶着车门站起来，踉踉跄跄地绕到另一边，拉起刚苏醒过来，头脑依然昏昏沉沉的滕一鸣。两人合力按住还在痛苦呻吟、蠕动的伊彦华，将他结结实实地捆绑起来。

“别嚎了，你死不了。”雷涛喘息片刻，拿起掉在副驾驶座下的一瓶矿泉水浇在伊彦华的脸上。往铁盒的装置里灌入熟石灰粉时，他曾有那么一刻对暗算别人感到自责。但此刻，雷涛庆幸自己留了一手，如果没有这个铁盒，他们三个人怕是早已一命呜呼。

伊彦华的算盘打得真精，在人迹罕至的郊外干掉他们几个，拿走奇楠后顺路出城溜之大吉。这样的话，骆曼怡……雷涛晃晃悠悠爬上路基，每走一步都能感觉到脚踝上就像有几把刀子在乱捅。SUV的车门没有锁，后座被拆了下来。车厢地板上的一个油毡卷里卷着昏迷不醒的骆曼怡。她头发散乱，额头、眼眶和嘴角挂着淤青，颧骨上翻开的伤口说明刚经历过被暴虐的痕迹。在油毡卷旁，放着两大桶汽油和一个中号旅行箱。雷涛打开箱子，满满的一堆纸钞在灯光下泛着红光。

“怎么了？她……怎么了？”跟过来的凌志远发出一声悲鸣。

“人还活着。”雷涛揉揉脸上的伤痛，“赶紧报警吧，再拖下去不知道还有没有救。”伊彦华是打算将骆曼怡也扔在撞坏的轿车上，那两桶汽油的意图不必多言。

树林那边传来滕一鸣的声音，雷涛滑下路基时摔了一跤，浑身像散了架一样地疼。他拍拍衣服上的泥土和干草叶子，一瘸一拐地回到车边。伊彦华的脸被石灰蜇得肿起来，两只眼睛像桃子一样，情绪倒是稳定了一些。中年人醒过来之后只顾叫喊，滕一鸣一怒之下脱下了不知道穿了几天的袜子塞住了他的嘴。

“有个问题我一直没想清楚。”反正闲着也是闲着，雷涛蹲下问伊彦华，“聚会那天你走了又跑回去，是想看看艾思源有没有中招吗？我怎么想都觉得那是多此一举。”

“哼，他死不死的我才不在乎。”伊彦华牙齿咯咯地响，“那老混蛋临死还摆了我一道，想想都觉得窝囊。”

“你指的是他抢走了你的那批沉香？那是走私货，对吧？”

“与他有什么关系。”伊彦华咳嗽两声，“他拿了我的东西，我愿意花点钱把事平了。我们之间本来可以相安无事，只怪他胃口太大，居然提出要我的奇楠。不然的话，没准他还能多活几天。”

“那奇楠不是要拍卖？”雷涛一愣，“艾思源利用拍卖帮你转移财产又是怎么回事？”

“也怪我太信他。”伊彦华捶地，“我不想让杨娅宏分我的财产，才找到他帮忙。没想到他比杨娅宏更狠，居然盯上了我的奇楠。拍卖都是假的，他就是想做个局，最后我一分钱拿不到，奇楠落在他手里。只怕我这次依了他，以后他更要狮子大开口。”

“所以你才在烟里下毒。”

“艾思源让我把奇楠带过去交换存货的下落。”伊彦华说，“我本以为换了香烟，拿到地址之后运走货物一切就结束了。至于我的奇楠，他家里人不可能不还给我。”

“艾思源让你去拿果盘，其实是去拿地址。”

“对，他写了个字条放在盘子上。我故意打碎盘子找借口离开，出门之后给我朋友打电话让他赶紧带人去取货。没想到，艾思源给我的地址是假的！那条街上根本就没有那个门牌号。”

“我明白了。”雷涛点头，“你得知上当慌了神。只有艾思源知道沉香的下落，如果他被毒烟毒死，你那价值千万的货物只怕会打了水漂。你回去一是要阻止他，二是要问出货物真正的下落。”

“人算不如天算。”伊彦华长叹，“我没想到你和滕一鸣会回去，更没想到奇楠会不翼而飞。第二天凌志远给我们看邮件时我马上想到那可能是艾思源发的，所以才让人去把货物抢回来，谁知道你竟然暗地里联系了警察。幸好我早有准备。”

“你是指弄伤自己和嫁祸骆曼怡吗？”

“骆曼怡是活该。”伊彦华说，“要不是她那么不小心，艾思源也不会盯上我。”

“她和你有什么关系？”滕一鸣厉声问。

“她接手了她一个亲戚的网店，觉得利润不高，问我有没有其他门路。”伊彦华说，“我是觉得她还算可靠，就把我朋友介绍给她。”

“她卖假货原来是有你帮忙。”

“我只是给她牵线。”伊彦华强调，“我自己是从来不碰假货的。是她太贪心，觉得假货利润最高，结果不知怎么就被艾思源盯上了。艾思源对她一直就有非分之想，抓了这个把柄不但以此为由要挟她，还顺藤摸瓜找到了我。”

“你要嫁祸给骆曼怡也是怕她再给你找麻烦。”

“她脑子不够用还想学人家走偏门，害死我了。”

“说得好像你自己是什么好东西。”滕一鸣踢了他一脚，“你让你同伙去杀艾思源，是豁出去不管你那宝贝奇楠了？”

“情势所迫罢了。”伊彦华说，“而且我已经猜到奇楠可能是被骆曼怡拿走了。她说过想再去求求艾思源，让他收手。我是不信那老东西会放过她。聚会的时候，我看她的脸色就不对，事后一想，保不齐就是她偷偷返回去见艾思源，还顺手牵羊拿走了我的奇楠。”

“所以骆曼怡见死不救果然不完全是一时糊涂。”雷涛想起黎希颖的判断，“她一开始吓坏了，跑上楼拿药，但突然明白过来，如果艾思源死了，自己就可以彻底摆脱他的纠缠。至于奇楠，只能算是顺手牵羊之举。”

“我知道八成是她干的。”伊彦华说，“随后我便问她奇楠在哪里，她却说只和凌志远谈，我才明白原来他们两个真有一腿。早就发现他俩眉来眼去的有点不对劲，但没想到骆曼怡胆子那么大，兔子还不吃窝边草呢。”

“你从没打算放过骆曼怡。”雷涛说，“她不仅认识你还认识你的同伙。你不知道她和凌志远都说过什么，所以打算把他们一网打尽。”

“我料到凌志远不敢报警，但他不傻，可能会找你们帮忙，所以才决定在半路动手，没想到还是被你算计了。你们也没想过真的把奇楠交出来，不是吗?”

“当然不能让奇楠落在你的手里。”雷涛说，“你们干了那么多缺德事，别想带着钱一走了之。”

“事到如今还惦记奇楠呢。”滕一鸣的语气中带有一点幸灾乐祸，“你这辈子估计没有机会再见到它了。”

17.栈房遗惑

好黑啊，这是什么地方？头……好像脱离了身体在旋转。雷涛努力抬起眼皮，暗黄色的灯光刺痛了毫无准备的眼睛。高高的屋顶，四周伫立的铁架……研究所的库房。是的，他想起来了，自己是来找东西的。

伊彦华的事已经过去一个多星期。今天是周末，中午前后店里来了两拨客人。卖出两个把件和一只糯种的手镯让滕一鸣深感满意。午饭时间刚过，凌志远如约而来，今天研究所休息，他打算遵守约定带雷涛和滕一鸣拿到雷凡的遗物。收拾好柜台，滕一鸣和雷涛正要放下卷帘门，却听见有人喊他们稍等一下。

“大周末你们放着生意不做，要跑出去玩吗？”黎希颖缓步上前，好奇地问。

“今天生意还不错啦。”滕一鸣说，“我们只是去一趟志远他们单位，下午就回来。”

“有事吗？”雷涛看见站在她身边的秦思伟捧着一个小盒子。“进去说吧。”他把拉到一半的卷帘门又推上去。

“和安徽警方配合，我们终于抓住了碾压贺立的肇事司机。”秦思伟把盒子放在柜台上，“在嫌疑人罗双喜家里找到了贺立的钱包和手机，还有这个东西，看起来像是一块沉香。”他把形如朽木的香块递给雷涛，甜蜜的清香随之而来。

“哦，很不错的香啊。”雷涛拿出放大镜看了看，把香块交给比自己更懂行的凌志远，“你看呢？”

“评价一块沉香的好坏，主要是要从结香度、熟化程度、产区、香味、外形几方面来看。”凌志远掂量着手里的香块，耸了耸鼻子，“味道清甜，从香韵判断很像琼香，就是海南产的沉香。”

“不说别的，这块沉香有手掌大小，就凭这一点它已经算是上品啦。”滕一鸣附和道。因为沉香的体积和形状是结香时决定的，在之后无论经过多长时间，沉香的密度或许会有所增加，但体积不会变化。市面上能买到的香料，九成都是零碎和散状的小沉香。这样大块而且形态又漂亮的沉香是可遇不可求的。

“最重要的是它的香味浓郁。”凌志远又深吸一口气做出陶醉的样子，“普通的沉香在室温下几乎闻不到味道，在佩戴时通过体温加温才能散发出香味。如果靠近它十厘米左右能分辨出香气，并且香气比较浓就算是上品。这块沉香在二十厘米外都能嗅到阵阵清香，可以称为极品。一般来说，只有奇楠才能达到这样的效果。”

“不知道它能不能沉水。”雷涛很想试一试。

“能不能沉水要看结香度。”凌志远说，“结香度决定了油脂含量。油脂含量高了，沉香才能沉入水中。但不沉水的香未必都不好。黄熟香虽然不沉水，表面发黄看起来很松散，但是它的味道非常清幽雅致，同样是难得的好香。”

“贺立只是一个司机。他不可能会有这么好的沉香。”滕一鸣怀疑其中有鬼，“我看这东西来路不正。”

“贺立的老婆说，几个月前见他把这块木疙瘩带回家。”秦思伟解释，“据他说是老板送的。贺立特别喜欢这块沉香，终日带在身上，不让别人碰，少不得被家里人讥讽脑子不正常。在他们看来一块喷了香水的木头不值得藏着掖着。”

“真不识货。”凌志远一脸不舍地把沉香还给警察，“张老板不会那么大方吧，这香块怎么也得值个百十来万元。”

“可能是贺立偷拿的。”黎希颖说，“他经常帮张老板运货，耳濡目染，慢慢也懂了一点沉香里的门道。如果他趁张老板不注意从一大批货物里偷拿一块香料，不会被轻易发现。”

“人已经死了，原因就不重要了。”雷涛问起伊彦华。

“他正在和张老板互相揭发呢。”秦思伟说，“两人都说对方是主谋，自己是被骗了。”

“那个张老板到底是何方神圣？”

“他不姓张，姓肖，叫肖利云，广东人，在本市投资了几家经营艺术品收藏的店铺，但主业是走私和制假贩假。伊彦华也好，骆曼怡也好，只是他非法生意的冰山一角。肖利云身上还有很多线索可挖，我们正集中力量对和他有关系的人进行全面调查。”

“曼怡她……”凌志远暧昧地问，一副欲言又止，不好意思的样子。

“她的身体已经恢复，正在配合调查。”秦思伟说，“如果你想去探视，我可以想想办法。”

“张欧急着和骆曼怡划清界限，已经提出了离婚。”黎希颖说，“他打算关闭香道馆，把那套底商卖给一个餐馆。”

“他打算卖多少钱？”凌志远问。

“不太清楚。”黎希颖感喟，“随他去吧，如果你真在乎骆曼怡，有没有那个香道馆都无所谓。只不过，她可能要在监狱里关几年了。”

“我会等她出来。”凌志远低下头，轻声说。

“如果骆曼怡心里有你，等也是值得的。”滕一鸣安慰凌志远，眼睛却瞟向雷涛，“有些人可比你惨多了……”

“哪有你这么劝人的。”雷涛怕他胡说八道，赶紧插话，“那块奇楠怎么样了？”

“那是本案的重要证据，暂时封存。”秦思伟眉头一沉，“不过我正为这事头疼。”

“杨娅宏昨天在刑侦支队闹了一个小时，非要拿走奇楠。”黎希颖捂着嘴偷笑，“结果一不留神抓伤了安抚她的内勤警员被关进了小黑屋。不过那大姐一看就是难伺候的主儿，等放出来之后肯定会继续闹到天荒地老。”

“她和伊彦华还没离婚。”秦思伟做头疼状，“伊彦华的收藏自然得还给她。只是现在案子还在调查阶段，需要保留证物。可她是说什么都听不进去。”

“改天我去劝劝她吧。”凌志远主动请缨，“杨大姐这个人不坏，就是这里总是绕不过弯。”他指指脑袋，大家都只得万般无奈地苦笑。

“那就不耽误你们的时间了。”得到满意的答案后，秦思伟松了一口气，提出告辞。他们离开后，雷涛和滕一鸣锁好店门去楼下取车。

一路上凌志远少不得表白一番，去库房的事他和领导费了不少口舌才得到批准，也多亏他平时和领导关系走得近，换别人是万万做不到的。雷涛一句都没听进去，脑子里只顾猜测哥哥都留下了些什么东西。凌志远是不是说过札记本？他不记得雷凡有没有写札记的习惯，但如果有，能不能从中找到什么线索？雷涛用沉默压抑着内心的悸动，这好消息来得太突然也来得太艰难，他看到了苦尽甘来的希望，甚至有一丝微醺的错觉。经历了几次生死，突然有了转机，自己竟然会不适应。

雷涛用了好几天的时间，才渐渐接受哥哥杀了唐教授的事实。凌志远声泪俱下的控诉至今让他觉得心绪难平。物是人非，他已经无法得知雷凡当时是一时冲动铸下大错，还是心黑手狠地本着宁可错杀不能放过的态度杀人灭口。好像除他之外所有人都更相信是后者，雷涛心如刀绞却无力反驳。

还好，因为这一场风波，让凌志远打消了猜忌。前几天滕一鸣做东，请他们两个吃涮羊肉。三个人围着炉火坐到半夜，喝了两瓶白酒，把很多憋在心里，清醒时不容易说出来的话都说开了。凌志远虽然对雷凡的所作所为依旧耿耿于怀，但是愿意理解雷涛的心情。纵然大家注定无法成为知己，和平相处倒也不难。

研究所的位置有点偏僻。有凌志远带路，三个人顺利通过门卫的盘查进入高墙围绕的院子，在装修得低调朴实的大楼里转了半圈，一行人乘电梯来到地下室的库房。打开沉重的门锁，黑暗中隐隐传来空调机的嗡嗡声，还有一个奇怪的声音溜进耳朵。那声音很轻像脚步声，但是飘忽不定，听不清楚。雷涛回头看看来时路，狭窄的楼道里连个鬼影子都看不到。刚刚门卫说过，今天所里没有别人。可能是自己心情太激动，有了错觉，雷涛自嘲地想。

“这个库房是存放旧物和旧文件的。”凌志远打开灯，引他们走入一排排铁架之间，“都不是什么要紧的东西。如果是存收藏品或者标本的地方，咱们是无论如何不能这么轻松就进来的。”

“还是得谢谢你。”雷涛觉得礼多人不怪。

“我记得就放在这一带。”凌志远停住脚步，指指前方的几排摆着大大小小纸箱的架子，“是个小箱子，大概这么大。”他伸手比画了一下，“盒子上写着‘雷’字，旁边签着我的名字，应该不难找。”

“分头找吧。”滕一鸣走向最西边的架子，走进它和墙的阴影中。

雷涛往东走了一段，借着昏暗的灯光逐一检查落满灰尘的纸箱，被呛得连打几个喷嚏。又是刚才的动静，很轻但好像离得很近，他探头看了看四周，除了静立的铁架什么都看不到，远处传来滕一鸣数盒子的叨咕声。难道是上次和张老板搏斗的伤还没好利索，产生了幻听？雷涛收起疑心，继续专注于找盒子。第一排架子，没有；第二排，没有；第三排……一会儿抬头一会儿蹲下，膝盖和脖子都开始发酸。滕一鸣停止唠叨了，估计是没了兴致和力气。

“我找到了。”凌志远的声音从库房深处传来。

找到了！雷涛觉得血在往上涌，冲得他头晕。顾不得满身灰尘，他撒腿跑了过去。唉，不对啊，滕一鸣那个好事之徒居然没跟上来。扑通一声响，在安静的库房内听得真切。怎么……回事！雷涛往前跑了不远，看到眼前一幕差点没刹住车撞在架子上。

凌志远躺在地上一动不动，身前放着一个和他描述一致的纸盒子。雷涛只觉得一阵恶寒，好像寒冬腊月被扔进冰窖一样，浑身的汗毛都立起来了。那个声音又出现了，这一次几乎近在咫尺，他仿佛听到了身后传来的平稳呼吸声。不等他反应过来，脖子上蜂蜇一般的疼痛袭来，随之而来的是无法抑制的眩晕和眼前的一片黑暗。

发生了什么……

我被偷袭了……

是什么人干的……

为什么会这样……

苏醒过来的雷涛扶着沉甸甸的脑袋坐起来。盒子已经不见了，凌志远还趴在地上。雷涛艰难地爬过去将他摇醒。两分钟后，在仓库的西北角，他们找到了蜷缩在地上的滕一鸣。两个人连拍带打，才将他唤醒。

“哎呀我的妈，要了亲命了。这……这到底是闹什么鬼？”滕一鸣两眼发直坐在地上，半天缓不过来。

“你都对谁说我们要来库房？”雷涛问凌志远。

“只有我们朱所长知道。”凌志远用力摆手，“你该不会以为……不可能啊，所长今年六十二岁啦。他不可能不声不响地放倒我们三个大汉。而且门卫说的你也听到啦，今天所长不在。”

“是不太可能。”雷涛摸摸脖子后面的一个肿块。袭击者是用空气泵给他们注射了什么药物。他的头现在还是昏昏沉沉的。这个人是怎么进来的？怎么会悄无声息地潜进仓库？自己在江湖上也曾混得风生水起，被人一击放倒之前竟然一点都没有察觉。

“只有一件事可以肯定。”坐在地上的滕一鸣揉着脑袋，“那个人是想要雷凡的东西。他怎么会知道?”

“我们这里虽说是研究所，安保措施也不错。”凌志远说，“毕竟所里存着不少价值不菲的玉器、珠宝还有矿石。普通人很难偷偷溜进来。”

“他绝对不是一个普通的人。”雷涛握紧拳头，“我早就知道，害死我哥哥的人是个狠角色。”

“那……会是什么人呢?他和雷凡有什么恩怨?”凌志远突然流露出害怕的神色，“该不会……”

“你想到了什么?”

“我……只是搞不懂……”凌志远低下头，“没什么，我觉得我们还是赶紧离开这里吧。”

和其他人的反应一模一样!雷涛看着凌志远的脸色，感到一阵恐慌和绝望。他肯定想到了什么细枝末节，但是不愿意说出来。经历过太多相同的场景，雷涛知道即使自己追问下去，也不会有任何结果。

“我得出去透透气，这也太吓人了。”滕一鸣扶着墙站起来，“他这次大概是想给我们一个警告——不要再继续追查，所以只拿走了盒子。不然就在刚才，他完全可以送我们三个上西天。雷凡到底招惹什么人了?还是他知道了什么不该知道的事?”

“唉，赶紧走吧。”凌志远抓住雷涛的胳膊。

雷涛觉得脑海中一片混沌，刚才的希望和激动好像被昏暗无力的灯光吸走了，只剩下懊恼和惆怅。线索消失得一干二净，假想敌的强大让他不寒而栗，真的只能就此收手吗?他不甘心，却想不出该怎么办。时间似乎凝结在令他们心痛的纠结中，只有一排排铁架的影子相伴无言。